宁波市文联文艺创作重点项目

童年花谱

Tongnian
Huapu

蒋静波 著

百花洲文艺出版社
BAIHUAZHOU LITERATURE AND ART PRESS

图书在版编目（CIP）数据

童年花谱／蒋静波著. —南昌：百花洲文艺出版社，
2023.12

ISBN 978-7-5500-5299-4

Ⅰ.①童… Ⅱ.①蒋… Ⅲ.①小小说-小说集-中国
-当代 Ⅳ.①I247.82

中国国家版本馆 CIP 数据核字（2023）第 188646 号

童年花谱
TONGNIAN HUAPU

蒋静波／著

出 版 人	陈　波	
责任编辑	蔡央扬　郝玮刚	
装帧设计	书香力扬	
制　　作	书香力扬	
出版发行	百花洲文艺出版社	
社　　址	南昌市红谷滩区世贸路 898 号博能中心一期 A 座 20 楼	
邮　　编	330038	
经　　销	全国新华书店	
印　　刷	四川科德彩色数码科技有限公司	
开　　本	880mm×1230mm　1/32	印张　7.5
版　　次	2023 年 12 月第 1 版	
印　　次	2023 年 12 月第 1 次印刷	
字　　数	180 千字	
书　　号	ISBN 978-7-5500-5299-4	
定　　价	46.00 元	

赣版权登字　05-2023-343

网址　http：//www.bhzwy.com
图书若有印装错误，影响阅读，可向承印厂联系调换。

序言

隐藏的方法：
如何处理蜜蜂和花儿的故事

谢志强

  我的童年和青年生活在塔克拉玛干沙漠的边缘——一块绿洲的农场里。我逃学进沙漠，回到家，父亲揭穿我撒谎，他说你身上有沙漠的气味。后来我阅读了一些写沙漠的儿童文学和成人小说，作者大多没在沙漠生活过，仅仅是为了写作去体验几天，收集了所谓的素材。我想，能否做到不正面写沙漠却写出了沙漠？

  在述评 2022 年浙江省微型小说时，读到蒋静波的《蜜蜂的理想》(《天池小小说》2022 年第 1 期、《小说选刊》2022 年第 4 期)、《一位婆婆叫芦花》(《百花园》2022 年第 1 期) 等作品，眼前一亮。马上联想起海明威的冰山理论和雷蒙德·卡弗的小说《我可以看见最细小的东西》。

  海明威说："冰山在海里移动很是庄严宏伟，这是因为它只有八分之一露在水面上。"他是从叙述语言层面称隐藏在水下的"八分之七"为省略，用"八分之一"去表现"八分之七"。微型小说由于受体量限制，需以独特的方法整体性处理素材。

卡弗的《我可以看见最细小的东西》，是一篇微型小说。写了一个女人失眠，跟邻居交流，看见了最细小的东西：晾衣绳上的衣夹、草丛中的鼻涕虫。隐去了两个故事：一个是邻居山姆和她丈夫的友情故事，一个是她与丈夫婚姻生活的故事。卡弗唯有在这种规模的小说里，像被夜色笼罩一样，隐藏了相关的故事，只写男女交流的故事，而且似乎什么也没发生。这正是微型小说要做的事儿。

阅读蒋静波的微型小说，我仿佛看见水面的冰山一角，并且能感到水下宏伟的底座。微型小说作家看待世界的视角和表达世界的方法，应是整体性地处理显与隐、小与大、实与虚的关系。相配套的是对细节的特别的珍视，像卡弗那样"可以看见最细小的东西"，那有意味、有容量的细节，成了内在有机的核心。这正是微型小说显著而独特的文本特征。

近两年，蒋静波像一位辛勤的园丁侍弄花圃，专注于花儿系列的创作，多采用童年的视角。百花争艳，说的是花，写的是人，平凡人的生命如花儿绽放，花与人互为映照，那是文学审美之花。在《蜜蜂的理想》中，有蜜蜂必有花儿，作品却隐去花儿的故事，只字不提花儿，只讲了一个蜜蜂的故事：蜜蜂与男孩。我念小学也写过作文《我的理想》，我长大了也当过教师做过家访，因此，我能够与作品里的两个主人公共情。我关心的是小男孩小杰的作文怎么写。小杰先写了一句："我还没有找到我的理想。"老师批评并家访。作为读者，我从小学生转换成了教师：跟我当年家访比会出现什么不同？小男孩的奶奶拿出防蜂帽，而小杰追着蜜蜂出场（人物怎么出场很有讲究）。那是蜜蜂的世界，也是花儿的世界，但作者偏偏只字不提花。于是师生的角色转换：小杰教老师关于蜜蜂的知识，还引出老师被蜇的记忆。记得当年我家访，也是惊奇学生家里的各种地上的动物，学生也传授动物的知识（尤其是一只白鹅）。而蜜蜂更是文学青睐的小生灵，它会飞，飞到教室；蜜蜂的理想也是小杰的理想。蜜蜂带来灵感，小杰终于补上了作文，结尾一句，是蜜蜂的回应。同时，把我带回了遥远的童年，我的作文，写过就忘了，因为贪大而悬空，不接地气。《一位婆婆叫芦花》则是采用小女孩的第一人称的视角，写了她与芦花婆婆的关系。作家有一个职责：命名或正名，从而拨乱反正、归本清源、消解歧视。过去村庄传统的称谓习俗，把娶入的女人称为"阿×家的"或"阿×嫂"，她真实的姓名被遗忘。这个习俗导致芦花婆婆香港的亲人来找，村里人不知有个叫王芦花的女人，于是，婆婆为自己正名，由"我"这个小女孩开始，叫了，有奖。由此引起连锁反应，村里的婆婆纷纷效仿正名。这是一种女性集体的抗争。这是一个关于正名的故事，隐去了另外两个故事：香港亲戚的故事、死去的丈夫阿根的故事，以及对小女孩成长的启示，还包括涉及传统的歧视，构成了正名的"冰山一角"下边强大的"底座"。正名这件小事牵一发而动全局。

有一部儿童文学作品简直在抖搂关于沙漠的知识，那是一种笨拙的正面进攻的写法。我写沙漠的故事对自己有个要求，写沙漠而隐藏沙漠，却处处能让人感到沙漠的存在，凭借人物置身沙漠的反应来写沙漠，听觉、视觉、嗅觉等等，传达出不可言传的

沙漠影像。这正是蒋静波在《蜜蜂的理想》里所做的事儿，也是
微型小说该做的事儿。一个人在沙漠里很渺小，如一粒沙，而沙
漠像庞大的冰山底座，此为构建微型小说世界的方法。隐大显
小，讲好蜜蜂的故事，等于讲了花儿的故事。这个花谱系列，她
有意挑选了隐去了花的《蜜蜂的理想》，但处处能感到花的存在。
而其他篇目，写了显在的花，并在浙江微型小说年度述评中做过
点评。

自序

我想对你说

一直想问你，文学的模样是什么？

也许，是用文字表达对世界万象的认知。这是一种理性的表述。也许，是通过有味的文字，揭示人生的境界和况味。这是一种感性的表达。我更相信感性，就如一场投入的爱恋，感性总是大于理性。

从 2015 年到 2021 年，我断断续续写了上百篇微型小说，因字数多在 600 字以下，人们又称它为闪小说。那是一种灵光乍现的记录，十分精短，有些篇幅还不到寥寥百字，但言约义丰。2021 年，我的 120 余篇闪小说结集成《表达方式》出版了。我将此看成是一种下水热身，是我用这种方式对文学的探询、探索。

近年，我开始了以微型小说（1500 字左右）为主的创作。闪小说虽从属于微型小说，但与一般的微型小说还有明显的区别，除了篇幅上的，还有创作方法上的。闪小说是一种细节的爆发，叙述单纯、直接，而一般的微型小说似乎讲究更多。

我选择了以故乡和童年为路径走近微型小说，那是让我眼眶湿润的回眸。

这一条开满繁花的路径，那些绚烂或寂静、有名或无名的花儿，就是我曾经的亲历和见闻。我要采撷起这些花儿，编成别致的花环，这就是我的童年花谱系列微型小说。如何动人地把一个个细节打开，如何使一片片花瓣、一枚枚花蕊重放光彩，使之成为意象，我常常徘徊在这条花径上，进行着沉浸式的寻找……

就这样，我边写作边投稿，以此检验文本质量。其间，得到了微型小说刊物编辑和谢志强老师的鼓励、指点。有30余篇刊于多家文学期刊，其中10篇被《小说选刊》《小小说选刊》《微型小说选刊》等选载，7篇（次）入选各类年度选本和进入国内微型小说年度排行榜。2023年第3期《百花园》杂志又推出了我的专辑，《文学报》和微型小说重点刊物对我的微型小说进行了评论。

微型小说又称小小说，小小说比小说多了一个小字，似可理解成"小的小说"。可是，小小说的门路似乎还很小，我以投国内几个专门刊登小小说的期刊为主，不敢投其他文学期刊。因为不少文学期刊将小小说拒之门外，有的甚至从不刊登。即使以系列形式出现，小小说与小说也不能同日而语，这是许多人通常和下意识的看法。微小总让人忽视，奈何文坛也不能例外。

可是，当我流连于卡弗、卡夫卡、托卡尔丘克、汪曾祺、阿城、冯骥才等中外名家的作品中，我惊喜地发现，其中许多小体量的作品，阅读结束后，能引发很多思索，其文学价值并不比有些长篇鸿著低。其中，当然闪烁着你的身影。如此而言，文学的高下就不必与它的体量成正比了吧？正像一个人的魅力，与其高矮胖瘦无关，唯与灵魂匹配。

为什么微型小说会遭到误解？有些平台，发出的段子，博人眼球，赚取流量；有些网络，旨在讲述故事，粗制庸俗。它们都打着微型小说的幌子。这样的传播，使微型小说蒙上了不白之冤。以致一些编辑抗拒它：微型小说是一个段子，是一种幽默，是一种反转，是一种模式化，是一种雕虫小技。

这些误解与微型小说本身毫无关系。不过，这给微型小说创作者一个警示，唯有提升自己的文学素养，唯有让"小东西"蕴含更大的文学能量，才能还微型小说一个本真的面貌。

唯有阅读、思索、写作是我的翅膀。我试图通过阅读、思索升华自己的生活经验；试图在描摹看似平淡无奇的生活时，唤起人们内心的曲折；试图在每一个平凡的故事中，藏入一种洞见的智慧；试图在一面镜子中，照见自己的灵魂；试图在脚下的土地上，扬起飞翔的翅膀；试图在轻的鸿毛中，赋予山的沉重。写作是最后一道工序。

我有一个梦，有一天，我的作品能以小说的模样登上更多的文学期刊，还你以小说的模样。

你就是微型小说，你听见了吗？

目 录 Contents

大眼睛的蚕豆花

花名：蚕豆花

科属：豆科野豌豆属

花语：和谐、质朴、奉献

花期：3—5 月

特点：一年生或越年生草本。豆科植物蚕豆的花，花冠蝶形，花瓣白色，有眼睛状黑色斑点。

蚕豆花开的时候，妹妹长得更加白胖了。

妈妈生下妹妹后，有一段时间，将我托给在镇上供销社饮食店上班的奶奶照管。奶奶做点心、卖点心时，我爬上椅子，靠着柜台，看柜外稀稀拉拉的顾客用几分钱换成竹筹，再用竹筹换点心；或站在店堂内看街上人来人往。

我家到镇上有五里路，要经过两条河、一座桥、两个村，还有一条村路和一段公路。村路是泥路，雨后有好几天的泥泞，不时有蛇出没；公路是沙石路，汽车开过扬起一阵灰沙，奶奶说公路上撞死过人和狗。对我来说，镇上远得像在天边，路上处处藏着未知的危险，我从不敢一人走。

那天，灶锅里煮着咸菜蚕豆，妈妈往灶膛里放一段柴根，吩咐我坐在灶膛前的小凳子上，一边看管柴火，一边照管睡在摇篮里的妹妹。妈妈上楼，"嗒嗒嗒"踏缝纫机去了。

我双手握着火钳，伸进灶膛，东拨拨西拨拨，一膛红黄色的旺火焰反被我拨灭了，黑烟熏得我直流泪。我学着妈妈的样，用火管对着柴根吹，吹得烟灰乱飞。我顺着凳子爬上灶头，在灶头打瞌睡的猫，"喵"的一声逃走了。我掀开锅盖，吃一粒蚕豆，还有些生硬。

"呜呜呜——"妹妹轻轻地哭了。楼上的妈妈说："你给她把把尿吧。"

我去抱胖妹妹，第一次抱不动，第二次费力地抱了起来。我回到灶火间里，将妹妹放在腿上正要把尿，妹妹腿一蹬，我俩同时跌倒在地。我的手撑着地，压在她身上。她先是大哭，后来闭着眼，张着嘴巴，很长时间没有发出声音。

我看着自己摔出血痕的手，想，妈妈一定会下来抱我哄我，像以前一样亲着我的手，拿出小糖哄我。谁知妈妈将地板跺得"噔噔"响，咆哮道："你把妹妹怎么了？看我下来不打死你！"

妹妹摔了，我不是有意的。自从有了妹妹，妈妈很少抱我了，也不疼我了。以前每天晚上睡觉时，妈妈总是拉着我的手，与我一起玩"解树"的游戏。我们边摇着身子边念——

大木匠解大树，

小木匠解朵柱，

解出一碗碎米珠，

爹一碗，娘一碗，

瘌头娘子舔粥碗。

…………

最后我总是倒在床上，妈妈抱着我说"瘌头娘子睡觉啦"，我才闭上眼睛。自从有了妹妹，妈妈再也没有与我"解树"，没有叫我"瘌头娘子"，现在她还要下来打死我。我的眼泪掉了下来。

看看地上的妹妹，我想把她放回摇篮，却怎么也抱不动。我突然害怕她会很快死去。

逃！我马上拎一个小杭州篮，盛一只瓦罐，爬上灶头，铲了半罐蚕豆。妈妈下楼重重的脚步声越来越近，我飞快推开矮门，踢走门前的鸡，沿着河岸，穿过石桥，飞奔而去。

"阿波，回来——"隔着河，妈妈在声声呼喊我，我没有回头。

我的鞋子沾了一大坨泥巴，沉得走不动，幸亏已到了后胡村的河边，我到埠头挖去泥巴。河里的小鱼游来游去，多么自在！要是在往常，我准会拿淘米箩去舀。一只只红蜻蜓在河面低飞，或在岸边芦苇上停一停。我也没有心思跟它们玩。我知道姑妈的家就在这个村，但我不想停留。

我沿着公路的边沿走，汽车来了就站住，闭上眼睛。田野上成片的蚕豆花，厚厚的绿叶间开着紫花，每一朵紫花上的两只大眼睛水汪汪的。

不知走了多久，头发蓬乱、双眼红肿的我终于站到了奶奶的柜台前。奶奶一脸吃惊地奔出来，一把抱起我，问我出了什么事。我终于放声大哭，泪水湿透了她的衣襟。

奶奶把我放在高脚凳上，给我洗热水脸，用柔软的毛巾替我擦去鼻涕眼泪，涂上凡士林，又梳好辫子，脱下我的鞋子，说声"看你这双鹅鸭脚（奶奶将沾满泥巴的脚称为鹅鸭脚）哦"，就去擦洗。店里的公公婆婆嬷嬷伯伯都夸我本事大，有孝心，带蚕豆来给奶奶吃。

奶奶端来一碗馄饨，我一口气就吃完了，然后长长地叹了一口气。奶奶和店里的人都笑了。奶奶将蚕豆重新煮了，和店里人一起吃。

没多大会儿，爹爹来了，也是一双"鹅鸭脚"。我忙躲到奶奶身后。奶奶拉过我，说："别怕，他大还是我大?!"一向严肃的爹爹蹲下来，笑着伸出双手，我怯怯地走了过去。他说："我从来不知道你有这么大本事，以后要让妹妹向你学习。"

"她没死吗?"

"怎么会死?"

我满是委屈，又哭了起来。

奶奶在瓦罐里盛满了生馄饨，用纸包了好多油条、大饼，对爹爹说："这只属于阿波一个人，让她去分。"

爹爹说："你长大了，认路了，就做开路先锋，领我回家吧!"

一路上，看到汽车，我不再闭上眼睛。经过后胡，我来到姑妈家，拿出两根油条、两只大饼，给表哥表姐。到了泥路上，爹爹抱起我，我看着他的"鹅鸭脚"越变越大。

　　妈妈抱着妹妹，站在泥路尽头的石桥上。"姐姐来了，快快叫。"妈妈对妹妹说。又白又胖的妹妹，额上、鼻上涂着紫药水，像一朵盛开的蚕豆花。她在妈妈的怀里蹬着跃着咯咯笑着，胖胖的双手朝我挥舞。妈妈蹲下来，说"癞头娘子回来了"，一只手搂住了我，我也搂住了妹妹。妹妹的口水流到了我的脸上，湿湿的、暖暖的。

　　路边的蚕豆花，睁着一只只乌溜溜的大眼睛，笑眯眯地看着这一切。

突然开放的乌饭花

花名：乌饭花

科属：杜鹃花科越橘属

花语：吉祥、好运、热烈的爱情、平安长寿

花期：5—7 月

特点：常绿灌木。总状花序，花冠白色。

我们这里的山岗上长着一种低矮的树，每年立夏，家家户户都会去采来它的嫩叶，把它捣成汁，可以煮出喷喷香的乌米饭来，我们称它为乌饭树。孩子们尤其喜欢吃乌米饭。大人说，吃了乌米饭，头发乌黑发亮，臭虫不咬，蚊子不叮。要是有人不信，大人会说，你看，乌婆婆七十多岁了，头发还那么黑，那么密，跟大姑娘小媳妇一样。

对了，人家的院子是花园、菜园，住我家对面的乌婆婆，院子里却长满了别人家没有的乌饭树。听人说，这是乌婆婆以前专门请人从山上掘来种下的。

许多年了，每年立夏前后，从乌饭树生出嫩叶到开出花老去的那段日子里，她天天烧乌米饭，我们就习惯了叫她乌婆婆。

傍晚时分，乌婆婆家又飘出了浓浓的草木香。

我深深吸一口香味，问："妈妈，我们什么时候煮乌米饭呢？"

妈妈说："立夏才吃过，就忘啦？"

我当然没有忘。那一天，妈妈在乌米饭上洒了糖水，又香，又甜，又糯，我连吃三碗还嫌不够。

我问妈妈："为什么我家每年只做一次乌米饭，而乌婆婆天天煮乌米饭？"

妈妈说："去山上摘叶就要老半天，哪有那么多空？"

"那我们家为什么不像乌婆婆那样在院子里种上乌饭树？"

"傻瓜！"妈妈说了一句，径自做事去了。我也想不明白我傻在哪里。

我被香气引到乌婆婆的院门前。门一推，就开了。这里的院门，都不安锁。

乌婆婆正蹲在石臼边，用木槌捣着红色的乌饭树嫩芽。

"阿波，进来吧。"乌婆婆抬头看到我，直了直镰刀一样弯曲的身子。

平时，乌婆婆对乌饭树管得可牢了。要是她发现树叶被人摘了，哪怕是只摘去了几片，她也会从村头到村尾，沿路叫骂。几次下来，再没人敢碰她的乌饭树。即使有人偷摘了树叶，也没胆量用它做饭，那乌米饭香可是掩不住的。好些人绕道，尽量不从那个院子前经过。邻里之间，人们喜欢把自家做的点心和小菜端来端去共享，可乌婆婆从来没让人品尝过一口她做的乌米饭。

乌婆婆对我笑一笑，说："想跟婆婆学做乌米饭？"

我点点头。

她往石臼里掺水，搅拌，将装在布兜里的米浸入，然后说："简单，在乌饭叶汁中浸上半天，白米染成了青米，就能煮乌米饭啦。"

乌婆婆说完，用蜗牛一般慢、羽毛一般轻的脚步，在一蓬蓬的乌饭树间，转来转去，念念有词："不是喜欢吃吗？为什么总不来吃？喜欢吃就来吃……"

乌婆婆真怪。

有一次，我听见妈妈问："为什么乌婆婆每天晚上在窗台上放一碗乌米饭？"

爹爹说："她丈夫临死前，想吃一口乌米饭，她奔到山上摘来叶子，又好不容易借到一碗米，还来不及烧，丈夫就走了。"

真的吗？天一暗，我就迫不及待地溜进乌婆婆的院子。乌婆婆睡得早，不用担心遇到她。

皎洁的月光下，窗台上白瓷碗里的乌米饭，泛着宝石般紫红的暗光。我轻轻端起它，乌米饭还有余温，香气直钻鼻孔。我顾不得许多，将乌米饭吃了个精光。

逃回家后，我害羞又害怕：乌婆婆会不会怀疑到我？会怎样骂我？……

真奇怪，第二天，我并没有听见乌婆婆的叫骂声。经过乌婆婆院门口，我看见乌婆婆一边摘乌饭树叶，一边还哼着什么曲儿。

我正想逃开，听到乌婆婆叫我进去，我的心怦怦乱跳。

我第一次看见，乌婆婆的黑发上，别着一支好看的玉簪。石臼边，放着好几篮乌饭树叶。我望望乌饭树，嫩叶几乎都摘光了。

乌婆婆说："阿波，帮婆婆择树叶。"

我正惊讶着，乌婆婆捧起一把叶子，绕口令似的，自言自语："一切都没变，喜欢吃就来吃，多吃点好解馋……"

我先红着脸，而后听得云里雾里，怯怯地问："婆婆要做好多的乌米饭吗？"

"没错。"乌婆婆神秘一笑，"太阳照到最后一排乌饭树后，你将村里的小朋友都叫来，我给他们吃乌米饭。"

咦，乌婆婆今天怎么啦？

这一天，乌婆婆家里飘出的乌米饭香，比任何时候都浓。我拖着、拉着一大群小伙伴，走进了乌婆婆的家。

两张桌子上，一碗碗乌米饭早已排好了长长的队伍，中间还有鱼、肉、蛋等平常难以见到的好菜。夕阳的余光，透过窗户，给每一只碗镶上了一层金边。

小伙伴们渐渐忘掉腼腆，伸着手，张着嘴，发出吧嗒、吧嗒的咀嚼声。

"别急，锅里还有，有得吃。"乌婆婆不停地笑着，替我们盛饭，仿佛想把平常欠我们的一下子还给我们。

原本冷清的院子，这时候，突然成了村里最热闹的地方。

乌婆婆说："如果有一天，乌饭树被掘起来了，你们可以将树拿到自家的院子里种。"

　　第二天，一大群戴白布帽子的人进进出出。我奔进院子，没有见到乌婆婆的身影。所有的乌饭树早已被连根掘起，几个小伙伴正抱着树回家。我突然发现，乌饭树们开出了朵朵白色小花，像一只只盛乌米饭的白瓷碗，发着香气。

六月荷花朵朵开

花名：荷花

科属：莲科莲属

花语：清白、坚贞、纯洁

花期：6—9月

特点：多年生水生草本。晨开暮闭，花型大，挺水而出，花瓣多嵌生于花托穴内，花色丰富。

池塘边，绿绸似的水面上，一朵朵荷花，将开未开，鼓着眼睛的红蜻蜓、黄蜻蜓，好奇地钻进荷苞里，想探个究竟。

我、妹妹涛涛和小伙伴们，正在池塘边玩"荷花开不开"的游戏。代表花蕊的一个人，站在中间，依次问代表一至六月的六个人——

"一月荷花开不开？"

"不开。"

"二月荷花开不开？"

"不开。"

…………

"六月荷花开不开？"

"六月荷花朵朵开！"

六个人手拉手组成一个小圆，像一个荷苞。只有问到六月时，荷花才能开。手拉手的我们由内向外扩展、仰头，组成一个大圆圈，一朵荷花就这样盛开了。闾门里，玩这个游戏的只有六个女孩，我们只好请一个男孩来凑数。男孩撇着嘴："女孩子的花，我不喜欢。"

经过池塘的婶婶，突然停下匆匆的脚步："阿波，你妈妈快要生弟弟了，你知道不？"

"你骗人！"

"骗你干啥？你去看看你妈妈的肚子大不大？等有了弟弟，你和涛涛吃的、穿的全归弟弟了。"说完，她哈哈大笑，像一阵风似的走了。离我最近的一朵荷苞，像被风猛地刮了一下，轻轻地一颤。

我挣开伙伴们的手，飞快地往家跑。我要当面问问妈妈是不是真的。

我想起小珍，她走到哪里，都得带着弟弟。明明是弟弟老揪着她的头发，她的妈妈却总是骂小珍、打小珍。我想起各户人家大人吵架，有儿子的大人骂没儿子的大人那些奇怪的话。我想起爹爹和妈妈吵架后，别人对妈妈说："你要是生一个男孩就好了。"

男孩到底比女孩好在哪里？我就是不要弟弟。

妈妈哼着歌，在灶房里烧火。灶膛里的光，映得她的肚子红红的、亮亮的，像一朵红彤彤的大荷花。

"妈妈，为什么你的肚子这么大？是藏着一个弟弟吗？"

"是呀，阿波以后可要好好抱弟弟哦。"妈妈摸着她的大荷花，咧嘴笑了。

啊，果然！我扑上去，对准她的大荷花就是一拳。

"死娘子，为什么打我？"妈妈抓住我的手，生气了。大肚子一缩，那朵荷花忽然暗淡了一下。

"我就是不要弟弟，呜呜呜……"

"有弟弟不好吗？男孩子有力气，可以保护你，可以拿很重的东西。"

"不要，呜呜呜……"

妈妈要生弟弟的事，就这么曝光了。

我把自己知道的一切和想法都告诉了涛涛。

涛涛吓得哭了起来："姐姐，怎么办？"

晚上，爹爹照例讲睡前故事，今天是《孔融让梨》。我不喜欢这个故事。我问爹爹："如果有了弟弟，家里的大白兔奶糖、动物饼干，统统给他一个人吃吗？"

"哪能呢，但做姐姐的总要多让着弟弟。"

我常跟在妈妈身边，害怕她趁我不在的时候，偷偷生下弟弟，说不定一生两个。我常在夜里哭泣，有时因为我的洋娃娃被人抢去了，有时因为妈妈将我扔在了河里。妈妈说："这不是真的，是做梦。"

一天深夜，我被一阵吵闹声惊醒。我努力将眼睛睁开一条缝隙，发现屋里灯火通明，一个胖老太婆挥着白白胖胖的手臂，呱啦呱啦大声地说着什么。爹爹的头像小鸡啄米似的，点一下说"好的、好的"，再点一下说"谢谢、谢谢"。

大木床上，传来妈妈的声音："怎么又是一个囡啊，呜呜呜……"

我想爬起来看看，却一点也动弹不得。

六月的晨光，暖暖地拂在我的脸上。我徐徐睁开了眼睛，闻到房间里漂浮着不同以往的气息，像是池塘里飘来的荷香。

爹爹指着大木床，对我说："你又有了一个妹妹。"

啊，是妹妹?! 我赶紧滑下小床，跳上床头，蹿到妈妈身边。妈妈的大肚子不见了，床上多了一个粉红色的小人儿，闭着眼睛，小嘴一卷一卷的，嘬着空气。

原来，妈妈的大荷花里，藏着这个小妹妹，真像一朵小荷花。

妈妈哭丧着脸，背对着小妹妹侧身躺着。好像小妹妹惹她生了气。

我咯咯咯地笑出声来，伸出双手想去抱抱妹妹。

爹爹说："别烦。"他长长地叹了一口气，噔噔噔下楼了。

我想，以后，玩荷花游戏将不会再缺人了。

头上的玫瑰花

花名：玫瑰花

科属：蔷薇科蔷薇属

花语：美丽、爱情、勇敢、高贵

花期：5—6 月

特点：直立、蔓延或攀缘灌木。大多密生枝刺，花单生或成伞房状，稀复伞房状或圆锥状花序；花托球形、坛形、杯形，颈部缢缩；花瓣覆瓦状排列，花色丰富，芳香。

几乎半村的小伙伴都来到了你家，来看你的上海外婆托人捎来的头花——一对漂亮的玫瑰花。有个上海外婆真是好，大白兔奶糖、巧克力、动物饼干、大面包、花裙子、万花筒，无不引来小伙伴们羡慕的目光。

阳光透过天窗，照着你乌黑发亮的辫子，辫子上的玫瑰花闪着亮亮的红光，让一双双晶亮晶亮的眼睛稀奇得不想眨眼。

"这是月季花吗？"

"玫瑰是什么花？"

"我可以摸一下吗?"

"它会碎吗？会凋谢吗?"

小伙伴们的喉咙间滑动着一个小东西，想滑出来，又被什么堵了回去，你知道那是一句谁也不好意思说出来的话："我可以戴一下吗?"

不，它是你的，只有你才能戴，连你的妹妹也不能。妹妹只能穿你穿不着的衣服，用你用过或不想用的东西。大人们也常说，新阿大，旧阿二，破阿三。外婆只送一对头花，当然只属于你。戴着玫瑰花的你，是这里最美的女孩。

妹妹们安静地坐在小凳子上，在角落里一起玩着一个脏兮兮的洋娃娃。她们给它绑辫子，绑得松散而凌乱。大妹妹轻轻地说："要是娃娃能戴上像姐姐那样好看的头花，就漂亮了。"小妹妹连连点头。

你的父母出去干活了，现在，你就是家里的老大，跟父母一样大，如果不高兴了，可以随便骂妹妹，可以骂了大妹，再骂小妹，也可以两个一起骂。她们绝不会顶嘴，更不会反抗。

"你最好看，你的妹妹最难看。"小伙伴们看了看你的两位妹妹，讨好地对你说。

你的心，不知怎么突然疼了一下。自己的妹妹，只有自己有资格骂，别人绝对不可以，就像与别人拌嘴时，有人骂你父母的名字，你会气得跳起来，甚至会与别人打上一架。

"你家的妹妹才最难看、最笨! 出去，以后不要到我家来!"你生气了。

"哼，那么小的头花，有什么好稀奇？不玩就不玩!"

她们都走了，霎时屋里安静下来。

妹妹们还在专心地玩着娃娃。你来到她们身边，红玫瑰的花影照在妹妹们的脸上，一人一个。小妹的鼻涕拖得老长，大妹的嘴角还有饭粒。"姐姐。"大妹叫你。"姐姐。"小妹也唤你。她们露出洁白的奶牙，比你的好看得多，不像你，昨天下排的牙齿掉了一颗，一张嘴就露出一个小黑洞。

你总算知道，就算别人都不与你玩，你还有两个永远愿意和你一起玩的妹妹。

你拿起一块毛巾，擦了大妹的脸，又擦小妹的脸。她们圆圆的脸蛋，又白又香。

"好看吗？"你扯下头上的玫瑰花，一人一个，递到她们手中。

"好看、好看。"她们捧着玫瑰花，小心而欣喜地看着，甚至使劲地闻着。

你拿来梳子，学着妈妈的样子，给她们梳头，哼着不知从哪里听来的童谣："一梳梳猫毛，二梳梳狗毛，小小娘子，头发皱皱，花头透透……"

梳了半天，你给她们一人扎一个冲天辫，就像你家的烟囱那样直。

你将玫瑰花扎在两个冲天辫上。妹妹望着对方辫子上的玫瑰花，露出惊喜的眼神，屋子里飘出了咯咯咯的笑声。

现在，你的妹妹是最美的妹妹，你是最美妹妹的姐姐。

油菜花开燕子来

花名：油菜花

科属：十字花科芸薹属

花语：坚强、加油、无私奉献、青春活泼

花期：3—5 月

特点：一年生或二年生草本。总状花序呈伞房状，花瓣 4 枚，花鲜黄色，呈倒卵形，上具明显的网脉，排列成十字形，全缘，具长爪，气味浓烈。

奶奶生病，动了手术。出院后，奶奶一直躺在床上，没有起来。家里的空气像结了冰，沉闷而冰凉，我和妹妹即使遇到好笑的事，也不敢笑出声来。

我端着饭菜上楼，奶奶说，先放着吧。

我嘟起嘴说，不吃饭，不长力气啊。

燕子回来了吗？奶奶问。

我摇摇头。我知道，奶奶问的是我们自家的燕子。奶奶的堂屋靠近双扇门，横梁上有一个燕子窝，像挂着半个月亮。这里的很多人家，都有自家的燕子。

一年前，奶奶在河边发现了一只受伤的燕子，将它捧回家，放进一只垫了棉花的篮子里，为它疗伤。怕燕子被野猫伤害，奶奶时时将燕子带在身边。

这只雌燕的脖子与腹部交接处有条波纹，像一个花环，奶奶就唤它环环。后来，环环的伤好了，飞走了。

第二天早上，奶奶起床下楼，看见环环和另一只燕子飞进飞出的，在堂屋里筑巢。双扇门与天花板之间有一个空隙，可以放下一扇横着的花格窗。奶奶说过，那是燕子进出的门。先人造房子，都会给动物留下通道的。瞧，门脚边的那个方形小口是猫狗的通道。

环环看到奶奶，欢快地叫着，像是在说，我要在这里安家啦！

奶奶得意地对爹爹说，我早就知道燕子会喜欢这屋子的。以前奶奶常说，当初买房子时，爹爹选了这栋的另一间，奶奶选了这一间，唯一的原因是这房子的横梁上有几个燕窝的痕迹。我问，为什么呀？奶奶说，傻丫头，燕子是喜鸟呀。

奶奶见另一只燕子头上有一个小白点，就叫它点点。后来，它们孵出了一窝小燕子，小燕子经常从窝里探出大半个身子，晃着小脑袋，张开黄嫩嫩的小嘴，叽叽叽叫着。奶奶欢喜得合不拢嘴，抬着头，一看就是好半天。

有一次，奶奶往灶膛里添了木柴，就去河边洗衣服了。不一会，一只燕子一边绕着奶奶盘旋，一边急躁地叫个不停。奶奶抬起头，是环环。环环往家的方向飞去。奶奶忙跑回家，发现灶间的地上燃着一根木柴，离柴把只有一尺远。以后，每次提起这件事，奶奶总要补上一句，幸亏有环环哪。

小燕子长大后飞走了，窝里只剩下环环和点点了。入秋，天气渐渐冷了。有一天，燕子围着奶奶绕了一圈又一圈，然后，冲上了蓝天。奶奶对着天空挥着手说，一路顺风，明年再来啊。

我望着远去的燕子，问奶奶，燕子还会来吗？

奶奶说，燕子有灵性，会认家的。

那，如果不来呢？我又问。

不好这么说。奶奶一把捂住我的嘴。

奶奶的病情日益加重。每天，她还是重复着，燕子回来了吗？

这天，我和妹妹在奶奶的床前学着燕子飞翔的动作。奶奶见了，笑着说，学得还蛮像的。

我从来没有像现在这样，渴望燕子的归来。可是，燕子到底什么时候才能归来呢？

突然记起，去年我和妹妹站在油菜花丛中，几只燕子，带着剪刀似的尾巴，斜着身子，贴着油菜花掠过。有一朵油菜花，还轻轻晃了一下。

我来到河边，向对岸的田野望去，依然是绿油油的一片。奶奶闭着眼睛说，我活不过清明了。

爹爹揉揉湿湿的眼眶，说，今年天冷，油菜花开得晚。

奶奶上厕所时，爹爹是抱着她下床的。爹爹背地里说，奶奶轻得像一只燕子了。

邻居们悄悄地向爹爹建议，可以准备后事了。

这天，田野里冒出了零星的小花，金黄金黄的，像天上的星星眨着眼。我摘了两朵，飞奔回家。奶奶看了一眼油菜花说，燕子回家了吗？我将油菜花放在奶奶的床头，急得流下了眼泪。

这天，油菜花终于绽放了，田野像铺上了金色的地毯，晃得让人睁不开眼。燕子飞在油菜花的上空，我欢喜地跳啊唱啊。突然，一只燕子惨叫着落在花丛里，其他的燕子瞬间逃走了。我看到了路边站着手持皮弹弓的小豆子，就哭着扑向他，又抓又踢……

阿波，醒醒，油菜花真的开了。耳畔响起妈妈惊喜的声音。

原来是个梦。事后回想，其实也不完全是梦，小豆子真的伤害过燕子，被他妈妈打了个半死。

来不及擦掉梦中的泪水，我一跃而起，跑到堂屋，只见环环和点点嘴里衔着草泥，在窝里啄来啄去，正在修补它们的房子呢。

奶奶，燕子来了，环环和点点来了！我一路嚷着来到奶奶身边。

奶奶忽地睁开眼睛，露出一丝亮光。奶奶吃力地伸出双手，说，快扶我下楼。

两个月来，奶奶第一次下楼。

点点和环环看到奶奶，像久别重逢的亲人，围着奶奶叫个不停。

奶奶笑了，说，看来，燕子不让我走了。

坟边的辣蓼花

花名：辣蓼花

科属：蓼科蓼属

花语：离别的感觉

花期：8—10 月

特点：一年生草本。穗状花序，圆锥形花瓣，米粒般大小，白色或淡红色。

秋日艳阳天，连片的屋顶上，一只只竹筛、簸箕、筲箕、淘箩、白篮里，盛着白绿色的小粉团，圆溜溜的，像汤团。

这些小粉团叫白药，用辣蓼汁和当年早稻米粉糅合搓成，是酿米酒和搭浆板（方言，酒酿）必不可少的酒酵。米酒是男人的最爱，浆板煮汤团或鸡蛋，是用来招待客人的必备点心。春节来临前，如果不酿一酝米酒，搭一甑浆板，这个年就会过得寡淡无味。

村子里酿米酒和搭浆板最好的人是搭蛇公公。他酿的米酒，香气可以飘到闾门外，他搭的浆板，小孩吃了还想吃，常常会吃到醉倒。有些人不相信，请搭蛇公公到自家酿米酒、搭浆板，自己做一坛，搭蛇公公也做一坛。最后不得不向搭蛇公公伸出大拇指。

别人问搭蛇公公诀窍，他说了一大堆，其中之一就是白药也要做得好。怎个好法？最要紧的，做白药的辣蓼草要好，叶子越绿，花儿越红，捣出的汁就越辣，白药的催酵作用也越强。

可是搭蛇公公自己从来不做白药，年年都是从我妈妈那里讨去的。有一年我妈妈做的白药不好，搭蛇公公酿的米酒和搭的浆板打了折扣。妈妈问他："你为什么自己不做白药？"

搭蛇公公过了好久，答非所问道："我不想看到那里的辣蓼花。"

这天，我拎着杭州篮，外出采辣蓼草。找了半天，才在过路石板和路的拐角处，发现几株辣蓼草，柳叶般的淡绿色的叶子上，粉红色的花，有气无力，像个胆小鬼，或生病的人。

路边经过的小伙伴问我："有一个地方，辣蓼花很红，敢不敢去？"

"有什么不敢？"话刚出口，我就后悔了。

"大其家旦。骗你是小狗。"他说。

果然不出所料。我不寒而栗。

村边的田畈里，有一块半个操场般大、地势比周围高的地方，像大海中的一座荒岛，人们管它叫"大其家旦"。它是一处可怕的存在。据说，很久以前，那里是扔死小孩的万人坑，坑上有座用砖砌起来的巨坟，坟上有一个洞。如果小孩死了，到了晚上，就会被人从洞口中扔进去。后来，坟塌了，常有狗在那里乱转。每当天气阴沉，刮风下雨，附近干活儿的人就会扛起锄头、铁锹，飞快逃离。哪个孩子不听话，大人常这样威吓："再使坏，把你扔到大其家旦去。"骂小孩最恶毒的话是："夜拖出东西。"

以前，村子里许多人家，死一个或几个小孩是平常事，尤其是女孩子。搭蛇公公年轻时，常常帮人家扔小孩。当然，也会得到一包烟或一瓶酒之类的谢礼。搭蛇公公说，他知道与大其家旦有关的许多秘密：村西的瞎眼阿婆，当年将刚生下的第四个女儿，活活闷死；村南的铁公鸡，将女婴在木桶里淹死；村北的烂麻皮，将病得奄奄一息的女孩裹进破席里。辣蓼花最红的季节，他去大其家旦的次数也最多。酒醒后，他又说，那些话不作准。

就在前一天，搭蛇公公打着酒嗝，对一起乘凉的人说，有个下雨天，他从田畈回家，经过大其家旦，看到那里有几盏鬼灯笼，蓝幽幽的，在一人高的空中，一飘一闪，把他吓得双腿发软。

我低头踢着脚下的石子，拎着空篮，慢腾腾往家里走去。

我在门口，看到屋里的妈妈正低头搓着草绳。手上开裂处，有鲜血沁出。搓草绳是用来做草包的，做草包时手会裂得更厉害。家门外的猪圈里，猪号叫着撞击猪栏，那是猪在催妈妈快去割草喂它。我没有迈进家门，悄悄地离开了。心里仿佛生出无限的勇气，推着我向大其家旦奔去。

夕阳给大其家旦的野树荒草投下了一道道深深浅浅的影子。地上到处是荆棘、碎砖、乱石、枯木。我紧握的拳头里，都是汗水。一不小心，我踢到一块石头，石头一翻，两只蜈蚣一弓一弓的，一条四脚蛇从我脚边飞快爬过，一只乌黑的大鸟"哇哇"叫着，从我身边飞过。"妈妈呀……"我吓得失声叫起来，不由得想起搭蛇公公讲过的恐怖场景，好像一盏盏鬼灯笼从身后飘来。我全身的汗毛竖了起来，只想逃出这个恐怖地。

"是阿波吧？"一个苍老的声音响了起来。我吓了一跳。是搭蛇公公，他跪在地上，身边还跪着一个女人，看起来比我妈妈年纪大，地上有一篮鸡蛋。在他们面前，一堆烧成灰的纸屑，如黑蝴蝶般在空中飞舞。

搭蛇公公站起来，对女人说："别恨爹妈，都不容易啊。"

女人又拜了拜，说一声"阿爹，我走了"，就向村外走去。

我疑惑了，搭蛇公公不曾结婚，什么时候有了女儿？她为什么在这里？

搭蛇公公示意我看向前面的乱石堆。一大片红艳艳的花，像血一样红，墨绿色的叶子上有醒目的黑色斑点。我第一次看到那么好的辣蓼草！

搭蛇公公眯着眼说："阿波，不要告诉别人刚才的事。"

我点点头。

搭蛇公公一直陪着我采满一篮辣蓼草。他一根也没采。

回到家，妈妈的眼光落在篮子里火红的辣蓼花上，惊喜地说："今年的白药一定是最好的。"

花儿的秘密

〉
〉
〉

花名：鲜花（总称）

科属：不限

花语：美好、幸福、快乐、爱情、甜蜜、忘忧

花期：四季

特点：乔木、灌木、藤类、草本不限。色彩缤纷，花姿各异。

给小娟送花的人究竟是谁？这个问题，成了村里的一大秘密。

几个月前，小娟吃了安眠药，幸亏阿木叔发现及时。槐树般高大的阿木叔，一下子像矮了半截。妈妈找到阿木叔，说："一场车祸，害小娟没了娘，瘸了腿，退了亲，换谁也会一时想不开。要不，让小娟跟我来学做衣服吧，你也不用牵肠挂肚了。"

于是，小娟成了妈妈的徒弟。每天，小娟来得迟，去得早。她默默干活，不笑不说。

妈妈讲如何裁剪，讲得嗓子发哑。小娟拿着一块画粉，心不

在焉地在硬纸上胡乱涂鸦，或是望着窗外出神。

小娟走了，妈妈翻看着小娟剪下的硬纸样，又是摇头，又是叹气，眉头挤在了一起。

有一天，我们还在吃早饭，小娟就来了。她哼着小曲，扫地，擦桌，像换了个人似的。妈妈盯着小娟，半天忘了吃饭。

吃完饭，妈妈来到工作台，小娟端端正正地坐着，面前是一本崭新的笔记本，眼里有了灼灼亮光："早几年我就想跟婶学裁衣了，今后我肯定好好学，麻烦婶了。"妈妈说："好闺女，你手巧，只要肯学，保证学得好。"那天，小娟学得很专注，笔记写了半本。

一旦心无旁骛，小娟进步飞快。有天，她自己在家剪了好多袖珍衣样，拿来给妈妈看。妈妈夸奖说："娟儿果然悟性好，都会创新了。"

不久，小娟送我一份特别的礼物，她给我的洋娃娃做了各式各样的裙子，漂亮又合身。那是她用妈妈裁剪下的零头布做的。

我欣喜万分。小娟抿嘴微笑。

妈妈问："听说，有人送花给你呢，是谁呀？"

小娟摇摇头，轻轻地说："也许是人家随手扔的。"

妈妈说："哪有人连续一个月将花扔在你家院子的篱笆门上？"

渐渐地，人们传开了，小娟家的篱笆门上，隔三岔五，放着一束月季、茶花、海棠、杜鹃、桃花……到我家来做衣服的女人们，一见小娟，总问："那个神秘的送花人是谁？"

小娟总是笑笑，摇摇头。

小娟送给我的礼物多了起来，除了洋娃娃的衣服，还有我的小书包、小手套、头花。

妈妈对小娟说："你可以做成人的衣服了。"

一次，五婶拿来一块布料，说是做成衣服还差一寸布料，叫妈妈想想办法。

五婶走后，小娟在布料上用画粉倒画顺画。妈妈见了，惊喜地说："哎呀，这不解决了嘛。"

五婶来取衣服，满意地说："到底是老裁缝，有办法。"

妈妈笑着说："裁剪、缝纫都是小娟一个人完成的呢。"

五婶拉起小娟的手，说："巧姑娘，谁家小子有福气娶你呀？"

小娟羞得低下了头。

第二天，得知我爹爹要到城里去，小娟说："叔，帮我买只花瓶回来好吗？"

晚上，妈妈带着我去小娟家送花瓶。小娟将一大捧红色的山茶花插进花瓶里，左看右看，脸颊上两个浅浅的酒窝，像两朵盛开的山茶花。

妈妈笑着问："那个送花人，露面了吗？"

小娟说："没有。"

妈妈说："那个人真有耐心，不过，想给你送花的人，能排成长队呢，五婶家的二小子怎么样？五婶好几次托我跟你们提亲呢。"

二小子可是村里又帅又能干的小伙呢。

阿木叔说："一切随小娟。"

小娟抚摸着山茶花，说："婶，等我技术学得精一点，开一家裁缝店，再说。"

阿木叔挺了挺腰，矮下去的那一截，好像又重新长了回来。

月亮升高了。妈妈和我沿村路转了一圈。转回到小娟家的院子前，我看见月光像一块银色的缎布铺开，缎布上缀着一束花。

夜色中，篱笆门上多了一束鲜红的月季，散发着温柔的光芒。

夕阳下的山茶花

ⅴ
ⅴ
ⅴ

花名：山茶花

科属：山茶科山茶属

花语：谦让、纯真、理想的爱

花期：11 月至翌年 3 月

特点：常绿灌木或小乔木。花顶生，碗形花瓣，有单瓣和重瓣之分。艳丽缤纷，颜色有白色、黄色、紫色、浅红色、粉色等。

　　听说今天就要宰杀的阿黄不见了，整个村庄像掀翻了天，男女老少都四散着出去寻找。妈妈走出家门时，拉上我，说："你也一起去，人多力量大。"

　　我挣脱妈妈的手，独自来到家门口的小河边，望着河对面的塔山和山上的古塔出神。古塔上的一扇扇石窗，宛如一只只乌溜溜的大眼睛，直愣愣地望着我。

　　人们四处奔走，不停地呼唤着阿黄，像是呼唤走失的孩子。村庄的周围，除了小河、池塘，就是田野，连个人都藏不住。阿黄可没那么笨。

阿黄喜欢山茶花，闲时，它常蹲在小河边的一棵山茶花前。去年我在河里游泳时，双腿突然抽筋，就在我快要沉下时，蹲在山茶花旁的阿黄突然下水游过来，用它像小床般温暖的背将我顶起。妈妈打了五斤黄酒犒劳阿黄，生产队长哈哈笑着接过酒瓶，说："让它吃几口就够了，牛知道什么?!"

此后，我每次去牛棚里看阿黄时，就摘一朵山茶花去。阿黄甩甩尾巴，伸出舌头舔一下我的手，就叼起山茶花。它对别的孩子不理不睬，如果谁招惹它，它会哼的一声，喷出一股热辣辣的气，吓得人直逃。

再过一会儿，只要村口的那只喇叭一响："请各户家庭派出代表，到晒场来领取牛肉。"每户人家准会蹿出拎着篮子或铅桶的孩子，一路欢叫着"杀牛啰，分牛肉啰"，朝晒场狂奔而去。那是村里一个盛大的节日。每年深秋或春节临近时，村里总要宰杀一头老牛或病牛。牛肉的味道和嚼劲，不知比猪肉要好多少倍。熬煮牛骨头汤的香味，能飘到五里路外的塔山上，让那些平常居高临下望着我们的虫兽，都伸出各种各样的舌头，滴下流星雨般的唾液。它们闻讯后，虽然急不可耐，但别无法子，这就是今天一大早树叶、青草湿漉漉的秘密吧? 不过，山上的山茶花可不像村里的那一棵，开来开去，只能开出纯白的花朵。那里的山茶花，红的、紫的、白的、黄的，有的甚至还有蝴蝶般的斑纹，又多又美，让人羡慕。塔山连着一座又一座的山，你一走进山里，就会迷路。

我把手伸进口袋，触到一朵红色的山茶花，就想起当我将那只美丽的山茶花环套进阿黄的头颈时，阿黄含泪一步一回头的情景。

晒场里，慢慢聚拢了人。一头牛拴在一个木桩上。我急奔而去。原来是比阿黄小一岁的黑耳朵母牛。此刻，黑耳朵耷拉着它的耳朵，垂头流泪，地上像下了一阵薄雨。很快，黑耳朵就会成为地上的一堆堆牛肉，被各只篮子和铅桶拎进不同的人家。我在心里一千遍一万遍重复着："对不起，黑耳朵。"

队长黑着脸，和妈妈一起大步向我走来。妈妈问："阿波，你今天一大早有没有去过牛棚？"

我看着队长，心虚地摇摇头。

队长指指塔山，说："有人看见你和阿黄去了那里。"

妈妈说："阿波人小胆小，怎会放牛？"

"这事非同小可，等我找到证据，谁放走牛，谁就去坐牢。"队长说完，拂一下衣袖，径直走向黑耳朵。

我吓得"哇"地哭了。

此刻，有人牵着戴了眼套的黑耳朵，围着木桩，不停地绕着小圈子。黑耳朵像喝醉了酒般走得摇摇晃晃。四个卷起袖子的青壮年，两人一组同握一个大木榔头，只等队长一声令下，榔头就会像打雷一样落在黑耳朵的头上、背上，阿三会趁机将闪着寒光的刀插入黑耳朵的咽喉。我真想大声说："我不要吃牛肉！我讨厌吃牛肉！"

我闭上眼睛，看到阿黄闪着橘黄色的光芒，穿过一片片绿色的树林，沿着铺满山茶花的山径，走过古塔，走向深山。

"那不是阿黄吗？"人群中传来一声惊呼。

　　我向村口望去，只见阿黄身披落日余晖，正朝着人群欢奔而来，那颈脖上的山茶花环格外耀眼。霎时，时间仿佛停滞，所有的树林、古塔和熙熙攘攘的人声都在我的面前消失了。

天上的莲花

∨
∨
∨

花名：莲花

科属：莲科莲属

花语：清白、坚贞、纯洁

花期：6—9 月

特点：多年生水生草本。晨开暮闭，挺水而出，花型大，花瓣多嵌生于花托穴内。花色丰富。

即使患了大脚风病，一大早，奶奶也要脱下身上的旧衣，换上那件永远挺括、有刀刃般折痕的出客衣，在蓬松的灰白头发上箍上一只黑色的新发圈，咬着嘴唇爬上塔山，走向那个叫清水庵的地方。

我是奶奶脚疼时的拐杖，到了清水庵门口，奶奶叫我在外面等候。她怕我像以前那样到庵里乱摸乱动，对菩萨不敬。门外的古塔、野花、露珠，以及山下长流不歇的河流，引不起我的兴趣；铁铸香炉中缓缓升起的缭绕烟雾，让我流泪咳嗽。我不知道要等候多久，还是随着奶奶走进了庵里。

一个着灰色僧袍的师父迎上来，双手合十，口中念念有词，接过奶奶恭恭敬敬递上的一只盛着菜油的瓶——奶奶管它叫香油。大多数时候，奶奶给师父一包在家用红纸封好的钱，叫香油钱。大概这里的师父离不开香油。

当我知道这里的师父都是女人时，曾经大吃一惊。在我的认知里，只有男人才剃短头发，何况是剃光头。有一位师父，白白圆圆的脸上，有一道明显的半月形的疤痕，听说以前被迫还俗时，嫁了人，是她那个丈夫打的，后来她得知又可以出家了的消息时，第一个急着跑上了山。

奶奶上山，是为了拜菩萨。所有的菩萨都有一朵同样的大花朵——莲花相伴。他们要么坐在莲花上，要么站在莲花上。当然，也有小一点儿的莲花，那是被菩萨用来拿在手上或者装饰衣服、物件的。

奶奶说，莲花就是荷花。那是我十分熟悉的花。在我们村子里，河塘上开了好多的荷花，我们摘荷花玩，也吃过它的果实——莲子。不明白为什么荷花到了这里被称作莲花。但我们河塘里开的荷花，没有这么大，也不能坐人、站人。

奶奶点燃香，双手合十，在绣着莲花的蒲团上跪下拜了起来，阳光透过门窗上一朵涂着金粉的莲花，在奶奶黑色的衣服上映上一两瓣莲花叶。奶奶的头不停地磕着，让我在她身旁跪下来。奶奶口中念念有词，有很多话要对菩萨说或恳求菩萨帮忙，比如她早年落下的经常犯的大脚风病，离婚又病弱的姑妈家中经常断粮，工资少得可怜的父亲要养活一家人，死了父亲的娘家侄子娶不上媳妇。平时默默无言的奶奶，此刻仿佛要把憋了一肚子的话都说尽。

太阳越升越高，一个个像奶奶那样的老人来了又走，走了又来，而奶奶的祈祷还在继续。但是，有些话奶奶永远也不会说出来，比如她在二十几岁时死了的丈夫（我的爷爷），能活过来吗？比如奶奶穿了几十年的玄色衣服能替换成其他有色彩（哪怕是白、灰、蓝）的衣服吗？比如她夜夜长叹的那句"苦竹根头出苦笋"能不再念叨吗？

莲花上的菩萨，睁着慈悲的双眸，默默地看着奶奶念叨。菩萨什么都懂，什么都看得见。平时威风凛凛、火气很大的奶奶，现在一下子变小、变弱、变得像一个听话或受委屈的小孩。奶奶含含糊糊的祈祷与一缕缕散乱成毛线般的香烟，混合在一起，在空荡荡的庵里飘来荡去，形成一种别样的气息。

回去的路上，奶奶的腿突然好了，我不必做她的拐杖了。太阳已升到天空的正当中。奶奶直起了弯了半天的腰，一下子又变成说一不二、像风一般快速的模样。她指了指天上一朵淡淡的云彩，说："你看，那云真像一朵莲花。"我嘴里"嗯"了一声，心里想，一点也不像，倒像一头牛或者一间破败的房子。但我不敢说出来。

戴口罩的苦楝花

花名：苦楝花

科属：楝科楝属

花语：望向远方

花期：4—5 月

特点：落叶大乔木。圆锥花序，花小，淡紫，清香。

邻家后院的苦楝树，仿佛在一夜间，忽然开花了。一簇簇的紫花，散发着一种特别的气味。

"喀喀喀、喀喀喀……"隔壁又传来水伯伯的咳嗽声，连续、激烈，像一发发爆炸的炮弹，震得楼板和木床轻轻地抖动。

妈妈从院子里摘来两朵海棠花，拿起梳子，给我梳头。

"妈妈，我要戴这花。"我指着窗外。

"这花不好看。"

"好看、好看。茶花、月季花、海棠花都已轮流戴过，现在，我觉得苦楝花才新奇好看。"

"那花太苦，妈妈给你戴海棠花，这花才香、甜。"

"真是奇怪，我又不吃苦楝花。"

"离隔壁家远一点儿。"妈妈再一次警告。妈妈和阊门里别的大人一样，每天总要发出这种警告。

一种熟悉的气味钻进了我的鼻子。我知道，水伯伯家的胖女人又在煎药了。妈妈说，药煎好后，黑乎乎的药汁会被水伯伯喝下，黑乎乎的药渣就被撒在通向小河的石板路上，任人踩踏——只有被很多只脚踩过踏过，水伯伯的病才会好起来。我每次去小河边，就特意在药渣上重重地踩上很多脚。

水伯伯喝药的时候，一定摘下口罩了吧？我突然很想知道水伯伯不戴口罩时的模样。

妈妈出去了。我溜出家门，走到水伯伯家的矮门外，朝里面张望。

水伯伯的家，暗淡无光。一个又高又瘦的男人像一只破风箱，蜷在一把黑乎乎的旧藤椅里，皱着眉头，喉咙发出呼啦啦、呼啦啦的声响。桌旁的一只小白碗里剩着一点黑乎乎的药汁。水伯伯脸上的那只白口罩，仿佛藏着很多秘密。

我又来晚了。

戴着大口罩的胖女人捧着黑不溜秋的药罐，刚出矮门，一脚踩在青苔上，差点滑倒。"该死的。"她骂一句后，马上摘下口罩，面无表情地对我说："别进我的家。"

我站在矮门旁，轻轻叫一声："伯伯。"

那只口罩微微一震。

"你叫阿波吧？长得真快呀！"沙沙的声音从口罩里流出，很好听。

"伯伯，你生病了吗？疼不疼？"

他的眼睛突然一亮，好像快要熄灭的一支蜡烛被人拨了下烛芯。他将手伸进衣袋，掏来掏去，掏出一颗小糖，在空中停顿了一下，摇摇头，又放进了衣袋。

桌上的一沓口罩像层层冰块，散发着阵阵寒气。旁边的一只瓦罐，满满地插着花。呀，是苦楝花！我眼睛一亮，灰暗的屋子里似乎也一下子亮堂了许多。

"你喜欢苦楝花？喏，给你。"

水伯伯见我一直盯着花，从瓦罐中抽出两三枝，伸直着手，远远地，递到我的手上。

我满心欢喜，捧着花，闻了又闻，心想：这就是苦的气味吗？

"这花从哪里来的？你跑到哪里去了？"妈妈指着窗外高大的苦楝树，厉声责问。

我将花藏在身后，低着头，不说话。

"还不快去洗手。"妈妈一把夺过苦楝花，扔进灶膛。

我嘤嘤地哭泣着，恨妈妈夺了我的花，更怕隔壁的水伯伯听见伤心。

爹爹进来了，皱着眉，一声不发。

妈妈用手指着墙壁，轻声说："连他家的儿子也送到外婆家去了。这孩子，就是不听话，传染起来要死的呀……"

爹爹狠狠地瞪了我一眼。

天气晴好时，苦楝花开得更艳了。水伯伯走到我跟前，拉起我的手，说："阿波，我们一起去摘苦楝花好吗？"

"好呀好呀。"

他像猴子一样，噌噌噌爬到苦楝树上，摘一枝，递给我一枝，直到我捧不住才罢休。

下来时，他的口罩不见了。树上的一串苦楝花，却戴上了一只白口罩。

哈，真有趣。

水伯伯哈哈大笑起来。"喀喀喀……"的咳嗽声没有了，喉咙里的那只破风箱也不拉了。我终于看见了水伯伯的面容：白白的牙齿、大大的嘴巴、高高的鼻子。是一个好看的伯伯。

"喀喀喀、喀喀喀……"楼板和木床又轻轻地抖了起来……啊，刚才我在做梦。以后的几天夜里，我好几次梦见水伯伯爬到高高的苦楝树上给我摘花。

"阿水，开门呀，你快开门呀！"一天傍晚，胖女人的哭声，伴随着震天动地的拍门声、踢门声，仿佛地震一般。

妈妈好像忘记了她对我发出的警告，飞奔出去。许多人一齐拥进平常连蚂蚁也不想爬进去的家。"咚咚咚，砰砰砰……"隔壁传来各种各样东西碰撞声、说话声、哭声，吵吵闹闹。

我缩在家里，吓得心怦怦乱跳。

不一会，妈妈跌跌撞撞地跑进来，吓得浑身发抖。

妈妈说："水伯伯死了，用一根绳子。他不愿意拖累一家。"

窗外，天下着大雨，后院的苦楝花，落了一地。

惊落的桂花

花名：桂花

科属：木樨科木樨属

花语：丰收、吉祥、吸入你的气息

花期：9—10月上旬（传统品种）

特点：常绿乔木或灌木。聚伞或近于帚状花序，花朵小如米粒，多为四瓣花。花梗细弱，花冠黄白色、淡黄色、黄色或橘红色。极芳香。

秋风吹来，米粒大的桂花从枝叶间簌簌落下，像落雪子一般。落下的桂花，干枯，变色，失了香味。但它们似乎并不甘心，在风儿的鼓励下，在地上爬来爬去。可是，无论怎样努力，也爬不上树枝了。

树上的桂花，带着闪亮的金黄，露着骄傲的笑容，飘着香甜的气味，热热闹闹、开开心心地聚在一起，四下张望，好像在等待一场精彩的演出。

女孩抬起头，注视着桂花，联想起汤团来。每一次吃汤团，妈妈总会在盛着汤团的瓷碗里，撒一点糖桂花。咬开又白又圆的汤团，咀嚼着黑油油、甜蜜蜜的馅子和香喷喷的桂花，连空气也充满了香甜。世界上，还有比这更好吃的东西吗？

那些桂花，都是从这棵树上摘去的，拌上白糖，放在一只透明的玻璃瓶中。客人来的时候，妈妈才会打开瓶子，从里面舀一点糖桂花，放进盛着开水的茶杯中，端给客人。

"你阿太的金桂是最好的，"妈妈说，"它还是你阿太的陪嫁树呢。"

女孩想的是："你为什么不多摘些来呢？"

桂花又簌簌落了一阵，泥地上，铺满了密密的一层花。女孩拖来一把竹椅，靠近树旁。她登上椅子，伸伸手，够不着花。

女孩急了，跑向离桂花树几十步远的一间小屋，绕过地上搁在两根长凳上的一具棺材。那棺材，刚漆过，又黑又亮，映照出女孩小小的身影。

女孩站在小屋门前。妈妈立刻出来了，虎着脸，说："现在哪有空？等你阿太死了，再摘。"

女孩问："阿太呼出的气，真的会毒死人吗？"

"小人要毒死的，千万别进来。阿太死了，妈妈就来找你。"妈妈说完，又进了小屋。

从外面望进去，屋里很暗，都是密密的人头，像黄蜂一样，挤在一起。有人出出进进。

一个过路人在外面轻声打听："怎么样了？"

"快了快了。"从小屋出来的人回答。

女孩对那个又枯又小的阿太没什么印象。只记得，这个春节，阿太指着女孩，问妈妈："阿囡，这是谁家的小囡？"

"外婆，你糊涂了，我的囡呀。"

阿太伸出一只手，来摸女孩的脸。那手，又冷又糙，像一把锉刀，女孩很害怕。

阿太煮了汤团，糖桂花撒得比妈妈要多得多。

女孩知道，阿太死了，会像阿平的爷爷那样，被抬进棺材，然后大家跟在棺材后面，排着长队，一路哭着到山上去，看着棺材被埋进坟墓里。

女孩蹲在桂花树下，捡起一朵朵落花，放在手心。

忽然，小屋那边传来了哭声，像刮来一阵暴雨，树上的桂花被惊落了一大片。好多人从四面八方涌向小屋。一个像虾公般弯着腰的老婆婆，从女孩身边经过，带着哭腔喊："桂花呀，我的老姐妹呀！"

遥远的苹果花

∨
∨
∨

花名：苹果花

科属：蔷薇科苹果属

花语：陷阱、平安、纯朴、心地善良

花期：4—5月

特点：乔木。伞房花序，集生于小枝顶端，花瓣倒卵形，五片，白粉色，花型喇叭状。

当缕缕春风吹来的时候，所有的植物都醒了过来，纷纷开出了花朵。往日里女孩觉得美丽的花朵，如酒窝似的海棠、酒盏般的玉兰，还有从冬天开到现在的梅花，此刻却一朵也入不了她的眼。当女孩听说山上有一种叫野苹果的果子，极像苹果时，她眼睛一亮，一个人跑到从未去过的山中。

山上的花，五彩缤纷，让人眼花缭乱，除了雪白的梨花、粉红的桃花、紫色的杜鹃，大多叫不出名字。女孩将不认识的花采来，嗅一嗅，放入口中，嚼一嚼，有的苦，有的涩，有的酸，有的甜，还有的说不出什么滋味。女孩不知道，这些花儿会不会结果，结了果是什么味道。但可以确定的是，它们都不是苹果花。

女孩其实也不知苹果花的模样，却深信苹果花有着不同寻常的香气和味道。这种香气和味道只有她知道。如果山上长苹果的话，她一定能凭着那种香气和味道找到苹果花，哪怕是一朵野苹果花。

女孩在山的花海里找呀找呀……

女孩突然闻到一种气味，这是一种从未闻到过的香甜，一阵香过一阵。女孩将眼睛睁开一条缝：映入眼中的，是一个又大又红的果子。她努力将眼缝睁得再大一点。啊，是母亲拿着一个红红的果子，在她眼前晃动。

是苹果！

"苹果。"女孩轻声地说。

"囡囡，你醒了！吓死妈妈了！"母亲喜极而泣。

片刻，一小匙一小匙的苹果汁，从唇边缓缓流进女孩的喉间。那么香，那么甜，像记忆中母亲的乳汁。几天后，女孩终于下了床，又会走，又会唱，又会跳了。

一天晚上，妈妈蓬着头，边煮一锅番薯饭，边用红药水涂手。妈妈每做一天草席，双手的开裂处总会流出血来。女孩说："妈妈，我还想吃苹果。"

母亲将手伸到女孩的脸庞边，又挪开了，说："囡囡，苹果长在北方，离我们这里远着呢。"

"那我那天吃的苹果呢？"

"那是……好心人送的。"

以后几年里，女孩做了好多梦，梦里有好香好香的苹果花，有好甜好甜的苹果。

晚饭花间的吊床

∨
∨
∨

花名：晚饭花

科属：紫茉莉科紫茉莉属

花语：忠贞、尊敬、清纯、贞洁、质朴、玲珑、迷人

花期：6—10 月

特点：多年生草本。紫红色、黄色、白色，或有条纹、斑块或两色相间，花数朵簇生总苞上，花萼呈花瓣状、喇叭形。傍晚至清晨开放，黄昏散发浓香，烈日闭合。

夏日的傍晚，院子里，无数朵晚饭花同时将紧闭的花蕾打开了。整株晚饭花，就像由上百顶紫色的小伞组成的大伞。花间，蜜蜂、蝴蝶飞来飞去；花下，蚂蚁爬来爬去，十分热闹。我喜欢蹲在晚饭花边，一玩就是半天。妈妈说，以后给你在这里搭张吊床睡得了。

一天，在晚饭花下，我发现了一个小洞，紧贴着花的根部，不仔细看还发现不了。洞口有两只小东西，粉红的皮肤，紧闭的眼睛，火柴般大小的爪子，边"吱吱"叫着，边一颤一颤地爬着。是两个活宝宝，比我不会动的洋娃娃可爱多了。我立即喜欢

上了，就像当初喜欢狗宝宝、猫宝宝一样。不，好像还是多喜欢这两个小宝宝一点，它们更小、更弱。

宝宝闭着眼睛，蚕豆般大的头，在我的手心里拱来拱去，像是在找妈妈。

等了好长时间，始终不见它们的妈妈。谁是它们的妈妈，为什么丢下宝宝不管？风儿吹来，晚饭花红扑扑的脸，轻轻地晃动着，像是在说："我怎么知道？"我在晚饭花周围找了一遍，没有发现情况。

"我来当你们的妈妈吧。"我用手指点一下它们的嘴巴说。

宝宝张开黄豆般大的小嘴，舔我的手指。手指又暖，又湿，又痒。它们一定饿了。怎么办？记得有一次，妈妈叫我不要乱吐唾沫，说唾沫也有营养，跟牛奶一样珍贵。我朝手心吐出黄豆般大小的唾沫（不敢多吐，怕淹死它们），它们"啧啧啧"地舔着，一下子就吃完了。

我吻了它们一下，说："妈妈有的是粮食，宝宝不怕。"

"啊呀，死娘子，这么脏，快扔掉！"妈妈突然出现在我面前，尖叫起来。

"哪里脏？小宝宝干干净净，没有一丝灰尘。"

老虎猫"啊呜"一声蹿过来，差点扑上来抢宝宝。我吓了一跳。晚饭花也受到了惊吓，抖了一抖。

"天哪，你怎么在玩小老鼠？快给猫当点心吃。"妈妈说。

我一惊。原来是小老鼠。我知道老鼠可恶，偷吃粮食。有一次，家里的米缸没盖好，第二天就在米缸里发现了又黑又黏的老鼠屎。妈妈骂个不停。家里的老鼠夹、老鼠笼和老虎猫，都是用来对付老鼠的。就在今天早上，老虎猫咬死了一只大老鼠，妈妈奖励了老虎猫一条鱼。

"可是，鼠宝宝现在没做坏事，只会吃我的唾沫。"

"老鼠天生就是坏东西，"妈妈伸着手，向我走来，"死娘子，你怎么给老鼠吃你的唾沫？"

我捧着鼠宝宝，飞也似的逃出院门，在路边停了下来。

一位伯伯牵着长胡须的山羊，从路边走过；一只母鸡，叫着"咯嗒咯嗒"，好像在告诉主人"我生蛋啦"；一只猪，在猪圈里"吧嗒吧嗒"吃得山响。妈妈说过，凡是对我们有用的，就是好动物，对我们无用的，甚至吃我们粮食的，都是坏动物。不知道动物们在吃东西时，有没有想过这些问题？但如果不吃东西，会饿死的呀，包括我们人。

吱吱，吱吱，鼠宝宝叫了。咕咕，咕咕，我的肚子也叫了。

"阿波，吃晚饭啦。"远远地，传来妈妈的呼唤声。

下雨了。我来到晚饭花前，望着那个洞口，担心雨水流进。我拿出一块手绢，四个角系在靠近晚饭花根部的枝条上，搭成一张小吊床，放进两个宝宝，摘两朵晚饭花，给它们当被子。晚饭花撑开的花伞，挡住了风雨。我吐出一点唾沫，说："宝宝，乖乖地睡觉。"

第二天一早，当我再一次来到晚饭花前，哪里还有手绢吊床和小宝宝的踪影，只有两朵枯萎的晚饭花，躺在地上，像被抽去骨架的小伞。

多年以后，我还会经常梦见童年时晚饭花间的那张吊床。

蝴蝶不采马兰花

﹀
﹀
﹀

花名：马兰花

科属：鸢尾科鸢尾属

花语：宿世的情人

花期：5—6 月

特点：多年生密丛草本。喜光，耐重盐碱。花茎光滑，花色绚丽，鲜艳夺目，有浅蓝色、蓝色、蓝紫色，花丝白色，花被上有较深色的条纹。

　　一个爆炸性的消息传来：小六子去相亲，相亲的对象祝姑娘得知他就是大名鼎鼎的小六子时，翻脸走人，小六子追问原因，祝姑娘扔下一句话：蝴蝶不采马兰花！

　　小六子，大名蒋斌，排行第六，有两个哥哥三个姐姐。一个哥哥出生不久就死了，另一个十岁时溺水而亡，三位姐姐已经出嫁。他是父母最宝贝的儿子。父母做花木生意，成了村里首富，盖起了三层楼房，安装了人人羡慕的电话机，更让人吃惊的是，还花两万元钱给小六子买了一部砖头大的大哥大。小六子高中毕业后，不用干活，就有花不完的钱，人长得又帅，常常在三楼和不同的姑娘轮流高声合唱："我拿青春赌明天，你用真情换此生，岁月不知人间多少的忧伤，何不潇洒走一回！"

我和妹妹常常讨论：小六子到底有多少女朋友？住在同一个阊门的人没有一个能说出来。好几次，我们刚认识了小六子的女朋友，过几天，就换成另一副新面孔了。

去年夏季，小六子向他的父母宣布要结婚了。他的妈妈刚将喜讯告诉邻居，几天后，又来更正，不作数了。小六子的妈妈私下里告诉我的妈妈，不作数的理由是女方没经过小六子的同意，怀孕了。

妈妈说："那更应该结婚呀，生下孩子，不就喜上加喜吗？"

小六子的妈妈叹口气，说："我的话他哪里听得进，还请阿波的爹爹劝劝小六子吧。"

爹爹说："我哪有这么大的能耐？"但他还是私下里叫小六子来我家坐坐聊聊。

小六子掏出一盒巧克力给我。我眼睛一亮，满心欢喜接了过去。要是爹爹多找小六子谈谈就好了。

爹爹说："你也老大不小了，应该成个家，找个工作，成为真正的男子汉。"

小六子说："我想找个漂亮的姑娘，有些人表面看起来漂亮，接近了，其实并不漂亮。"

爹爹说："人人都喜欢漂亮，但漂亮没有具体指标。而且，也不是你这样找法。"

"每个人有每个人的追求嘛。"语音刚落，小六子就哼着"何不潇洒走一回"走了。

前几天，小六子大声驱赶在他家住了几个月的一位姑娘。那姑娘又哭又骂，整个阎门鸡飞狗跳。

不久，有人传出话来，小六子第一次主动相中了邻村一位姓祝的姑娘。姑娘的父母一听小六子的家境，马上替姑娘答应相亲。没想到，小六子却在姑娘那里碰了壁。

小六子灰头灰脑走进我家，认真地问爹爹："蝴蝶不采马兰花"究竟是什么意思？

爹爹说："来源于一个传说。"

"还真有来头呀？快跟我讲讲。"小六子央求道。

于是，爹爹讲起了蝴蝶不采马兰花的故事。

马文才结婚那天，他很早就派迎亲的队伍抬着轿子，敲锣打鼓去接新娘祝英台，恨不得马上就能见到她。

可是，从早上等到傍晚，迎接的队伍像风筝断了线，失去了音讯。直到天黑，迎亲的队伍才不声不响地回来了，而且，个个脸色一片死灰。

马文才一个箭步上前，掀开轿子，轿内空空，他惊慌地问："新娘子呢？"

"变……变成蝴蝶，飞走了。"迎亲娘浑身发抖。

原来，祝英台上轿后，路过梁山伯的墓地时，要求下去烧纸钱。迎亲娘远远地跟着。当祝英台走近墓地时，天空霎时狂风大作，雷电交加，梁山伯的坟墓匐然开裂，等祝英台飞快跳进去后，坟墓马上合拢了。眨眼间，雨过天晴，两只蝴蝶从坟墓里双双飞了出来。

"啊!"马文才一听,急火攻心,惨叫一声,昏了过去。

马文才家有钱有势,有多少姑娘想成为他的新娘。他千挑万拣,好不容易迫使才貌双全的祝英台嫁给他。谁知,竟会出现这种状况。马文才做梦也在想着如何得到祝英台。既然祝英台变成了一只蝴蝶,马文才想:那我就变成一朵花吧,蝶恋花。

马文才死后,家人按照他的遗愿将他葬在梁山伯、祝英台坟墓的附近。马文才的坟头上开出了一朵蓝色的小花——马兰花。可是,祝英台变的蝴蝶飞来飞去,连正眼也没去瞧马兰花一眼,更甭说是采了。

"真是可恶,她将自己比作祝英台,将我比作马文才了?"小六子听到这里,跳了起来。

爹爹说:"这只是一个传说嘛。"

小六子沉思了好一会,缓缓地说:"我不喜欢马文才,更不想做马兰花。"

不久,小六子和他的父母南下做花木生意去了,好多年没与我们联系。不知道他的生意做得好不好,最后是否娶到了祝姑娘?

梅姑和蜡梅花

花名：蜡梅花

科属：蜡梅科蜡梅属

花语：慈爱之心、刚强、贞洁、独立创新

花期：11 月至翌年 3 月

特点：落叶灌木。先花后叶。多为蜡黄色，带蜡质。花香浓郁，花被片圆形、长圆形、倒卵形、椭圆形或匙形，内部花被片比外部花被片短，基部有爪。

梅姑是在去城里买结婚用品的路上出的车祸。经过抢救，梅姑虽然活了过来，但永远失去了一条大腿。那个即将当新郎的人，从此再也没有露面。

梅姑变着法子自杀过几次，幸亏梅妈妈发现及时。梅妈妈背地里说："这样大的打击，我家小梅怎么承受得住啊！"

妈妈提着一篮鸡蛋，和我一起跨进了梅姑的房间。房间里飘着一股说不出的怪味，让人很不舒服。梅姑躺在床上，似乎睡得很沉。不过，我看见几滴豆大的泪珠，从她的眼眶里滚出，吧嗒、吧嗒，横落在湿漉漉的枕头上。

妈妈出去后，我又来到梅姑的房间，等她醒来。梅姑能歌善舞，是镇里出了名的文艺骨干。镇里有什么文艺演出，总少不了她活跃的身影。梅姑喜欢小孩，像大姐姐一样对待我们，可不像有的大人，对我们看也懒得看一眼。前些日子，落叶纷飞，村庄里已经见不到往日五彩缤纷的花朵了。梅姑告诉我，在村庄的边缘，有一棵野蜡梅树，会在最冷的天气里开花，并与我约定，到时候一定带我去看。

一阵阵寒风，在窗外刮得山响，天上飘起了雪花。屋顶、地面、柴垛、树木渐渐变白。真冷呀。我将手缩在棉袄的口袋里。

梅姑睁开眼，淡淡地说："你留在这里干什么？"

"天气这么冷，蜡梅花开了吗？"我问她。

听到"蜡梅花"三个字，梅姑的眼睛亮了一亮，轻轻地说："其实我也不清楚呢。"

我请求她带我去看蜡梅花，并说："说过的话可要算数啊。"

"那，好吧。"她的眼光停在床边的轮椅上，似乎下了很大的决心。

梅姑坐起来，开始梳起打结的长发。我推着轮椅，迎着雪花，朝梅姑指点的方向前行。路又长又窄，高低不平，雪落成泥，更添湿滑。好几次，轮椅差点被我掀翻。

过了好久，梅姑指着不远处，大声地说："你看！"

我顺着她指的方向望去，在一堆高高的废墟中，有一棵弯弯曲曲的树，树上明黄色的花朵，迎着风雪，飘着芳香。

"从废墟中长出来，还能开出这么美丽的花，真不可思议。"

梅姑自言自语着。

我将轮椅推到废墟边，蹿上废墟。蜡梅花与其他花儿相比，花瓣微硬，上面像涂了一层蜡油，红色的花蕊像一簇簇火苗，在严寒中燃烧。

梅姑坐在轮椅上，抬头望着，一动不动。梅姑苍白的脸上出现了一丝红润。

我折下一枝蜡梅花，给梅姑。

"好美呀！""好香呀！"梅姑闻着，看着，不时发出一声声惊叹。

回到家，梅姑将蜡梅花插进一只花瓶中，放在空空的床头柜上。蜡梅花像一盏灯，瞬间点亮了整个房间，花儿发出的芳香，不但驱散了原来难闻的气味，也使梅姑的身上有了馨香。

梅姑久久地盯着蜡梅花，点了点头，好像花上面有什么字。

隔几天，我再一次来到梅姑这里，看到她正摇摇晃晃地走着路。

"啊呀，腿长出来了?!"我兴奋地喊叫。

"装了假肢，"梅姑用毛巾擦一下脸，笑着说，"一下子还不太适应，多练练会好起来的。"

她走到哪里，我跟到哪里，怕她摔跤。每走一步，梅姑像费了很大的劲。梅姑满头大汗，气喘吁吁，但却不肯停下。

几天后，那条假肢好像会听梅姑的使唤了。梅姑说，这次要走着去看蜡梅花。她牵着我的手，一步步费力地移动脚步。不久，梅姑弯下腰，捂了捂那条残腿。残腿上渗出了鲜血。

我说："我们回家吧。"

梅姑说："没事，以后磨出茧，就好了。"

终于到达了目的地。一树的蜡梅花，带着耀眼的明黄迎风怒放，照亮了废墟，照亮了周边，也照亮了我俩。

梅姑似乎忘了她的假肢，大步上前，一脚踩在凹凸不平的废墟上，另一脚刚迈出，就重重地摔倒在废墟边。我去扶她，梅姑一把推开我，用双手爬上废墟，爬到蜡梅树边，缓缓地站了起来。梅姑一下子变高了。

突然，梅姑张开双臂，抱住蜡梅树，放声痛哭。眼泪像檐头水滴，滴个不止。我提心吊胆地看着她。

一会儿，梅姑擦干眼泪，绽出笑颜，对着蜡梅保证，说："以后我再也不会哭了。"

春天到来的时候，镇上开了一家理发店，生意好得不得了，理个发要提前预约。人们都说理发师手艺好，价格低，态度好。

那家理发店，门面上写着五个明黄色的大字：蜡梅理发店。

幸福的红绢花

花名：红绢花

科属：无

花语：光荣、幸福、安定

花期：四季

特点：红绢所制。花背有别针。红艳，花朵大，四季不败。

这一天，奶奶和她的三位同事来到了我家，其中一位领导伯伯拉来了一辆手拉车。他们将手拉车上的被子、面盆、五更鸡、碗等许多东西，搬进了我家。家里一下子热闹极了。

奶奶胸前戴着一朵大红花，像芙蓉花那么大，像太阳那么红。大红花映得奶奶的脸红通通的。我上去，摸了摸那朵花。

领导伯伯问："阿波，你知道今天是什么日子吗？"

我愣了一下，盯着奶奶的胸花，环顾四周，恍然大悟地说："奶奶要当新娘子了。"

哈哈哈——整间屋子爆发出阵阵笑声，连地面上的石板和天井玻璃也嗒嗒嗒地响了起来。

奶奶瞪了我一眼，佯装生气："小孩子，别乱讲。"

领导伯伯竖起大拇指，说："阿波真聪明。你奶奶今天开始光荣退休了，她这是和幸福结婚呢。"

"就是嘛。"我说。结婚是好事情，但我没听清奶奶和谁结婚。

大家都笑了。

客人走后，奶奶摘下大红花，放在掌心。左看看，笑笑；右看看，笑笑。好像总也看不够、笑不够似的。我也凑近，重重叠叠的花瓣外，有三片绿叶，下面有一块红绢条，写着四个金色的字。

"原来是一朵假花。"

"是绢花，不会谢呢，"奶奶用手绢包起绢花，说，"只准看，不准拿哦。"

晚上，爹爹坐在奶奶的床边聊天，聊着聊着，奶奶刚说一句"苦竹根头出苦笋……"爹爹马上打断她："阿姆，这句话以后不提了好吗？你注意一下就知道，有多少人在羡慕你。"

"苦竹根头出苦笋"——这是奶奶最常说的一句话。奶奶幼年没了爹娘，青年没了丈夫，靠做娘姨、贩卖货物养活全家，供爹爹、姑妈读书，吃过的苦说也说不完。奶奶总认为自己苦海无边，无论何时何地，无论谈论什么，总会插上这么一句，就像吃饭时挂在嘴边的一粒饭。冬天，奶奶双手皲裂，渗出鲜血，奶奶会说："苦竹根头出苦笋——冬天侍候别人月子得的。"我家屋子暗，雨天漏水，晴天不见阳光，奶奶会说："苦竹根头出苦笋——能活下来已经不错了，哪有钱造房、买房呀。"与邻居争吵了，奶奶会说："苦竹根头出苦笋——独枝竹立不起。"姑妈生病了，奶奶会说："苦竹根头出苦笋——身子弱，小时候饿出来的。"

屋子里静了下来。桌上的那只三五牌座钟，嘀嗒嘀嗒响着。

我钻在奶奶的被窝里，紧张地盯着奶奶，有点害怕。奶奶是个说一不二的人，她说什么，一定就是什么，从来不允许别人与她唱反调。平常，即使爹爹也不敢与她顶嘴。

过了一会儿，奶奶将红绢花别在蚊帐上。瞬间，那顶泛黄的蚊帐，连同黑咕隆咚的老屋，一下子被照亮了。

奶奶轻轻地说："几十年了，都说习惯了，以后慢慢改吧。"

爹爹怔怔地看看奶奶，又看看那朵红绢花，好像不相信奶奶会说出这句话来似的。我暗暗松了一口气。红绢花真神奇哪。

第二天，奶奶将桌子搬到门外的弄堂里，将手绢摊开，露出整朵绢花。奶奶坐在桌边择菜。豆子的妈妈问奶奶："咦，你怎么不去上班？"

奶奶指着绢花，笑笑。豆子的妈妈过来，念红绢条上的字："光——荣——退——休！阿婶，好福气呀！"

"什么好福气？苦竹……"

我心里怦怦地乱跳。"福气"，是村人很看重的事，也是奶奶最忌讳的事。谁家办喜事，会请公认的有福气的女人缝被子，意思是让新人也沾一点那女人的福气。连办丧事缝白帽子，人们也挑有福气的女人。每逢这个时候，奶奶总会躲在家里长吁短叹："苦竹根头出苦笋——"

"不用上班，也有工资拿，你是村里最有福气的人。"豆子的妈妈说。

更多的邻居也围了上来。现在，人们都知道奶奶退休了。豆子的妈妈说："阿婶，不是我敲竹杠，你得请客给我们糖吃，让我们也沾一沾你的好福气！"

奶奶看着红绢花，露出八颗牙齿，笑了起来。她随即从口袋里摸出十元钱，交给豆子的妈妈，说："那就去买点小糖吧。"

豆子的妈妈接过钱，飞快地朝代销店方向跑去。

人越围越多。

不一会儿，豆子的妈妈拎了好大一袋大白兔奶糖，被人们抢了过去，就像人家结婚抢喜糖那样。奶奶反而笑了，说："吃吧，吃吧。"

一位不认识的婆婆，突然挤进来，走到奶奶的跟前，说："阿嫂，什么时候有空，帮我女儿缝缝喜被好吗？"

奶奶一愣，马上说："哎，这就去。"

会跳舞的向日葵

花名：向日葵

科属：菊科向日葵属

花语：沉默的爱、没有说出口的爱

花期：7—9 月

特点：一年生高大草本。头状花序极大，径 10~30 厘米，随太阳转动，单生于茎顶或枝端。总苞片多层、叶质、覆瓦状排列，被长硬毛，花序边缘生中性的黄色舌状花。

院子里的向日葵们一醒来，就开始跳舞。

一早，爹爹去学校了，它们的头齐刷刷地朝着爹爹去的方向舞动。

"妈妈，向日葵也喜欢上学吗？"

妈妈扑哧一声笑了。突然，她从衣橱里翻出粉红色灯芯绒上衣、蓝色卡其裤、白球鞋，说："穿穿看。"

灯芯绒上衣是外婆托人从上海捎来的，口袋、胸前绣着小白兔和向日葵，可美啦。穿上后，妈妈将我的裤管和衣袖翻卷几下，往白球鞋里塞进一大团棉花，又将一只军绿色帆布书包挂在我的肩上，左看，右瞧，笑着问："阿波喜欢上学吗？"

我欢喜地说："喜欢。我知道上学就是长大了。"

简直不敢相信，没有任何前兆，这件大事就降临到我的头上。

妈妈递给我两只热乎乎的白煮鸡蛋，说："两只都吃下，吃一只考试得零蛋，吃两只得一百分。"

大眼睛的大妹涛涛和小眼睛的小妹渊渊，眼珠子一动不动，盯着我吧唧吧唧吃下了"一百分"。

"姐姐，带我去上学。"涛涛抓着书包带，粘了上来。

"姐姐，我也要去。"渊渊拉着涛涛的衣角，急得直哭。

我突然感到很难受，好像自己是姐妹中的叛徒。"等我知道自己坐哪间教室了，你们再来好不好？"我哄着妹妹们。

妈妈说："你找到爹爹，叫他陪你到老师那里报到。"

"有老师在等我吗？"

"当然。"

想到有老师等我，我的心快要从胸膛里跳出来了。我的老师是谁？凶不凶？喜不喜欢我？

我蹦跳着去上学，铅笔盒中的铅笔、橡皮，在书包里哗啦哗啦唱着歌。我早已将忧伤的妹妹们忘得一干二净。

学校里，男孩女孩们有的在操场上拔石板缝里的草，有的在河边拎水，有的在打扫教室。许多穿着旧球鞋、背着旧书包的新生，像蜜蜂般，东张张，西望望。

我来到爹爹的办公室。他看到我，一惊，说："瞧你妈性急得。"

敲钟老师将老花镜往下拨了拨，目光越过镜片看着我，说："这么小的囡，就来上学？"

"再过两个月，就到年龄了。"

"孩子长得嫩，又不到年龄，急着上学干吗？"

爹爹说："也是。阿波回家去吧，明年再来上学。"

砰！我那颗像气球一样吹得胖胖的、飞得高高的心，一下子碎了。爹爹实在太过分了，为什么要听敲钟老师的话？妈妈也是乱说，哪有什么老师在等我？

我低头缓缓地走在田塍上，将一粒粒石子踢得乱飞，泪珠流呀流，擦也擦不完。那些"旧球鞋""旧书包"欢笑着、嬉闹着，在我身边跑来跑去。我脚一滑，从田塍上翻到了田畈里。

"哈哈，白球鞋变成了黑球鞋。"几个流鼻涕的男孩子围拢过来看我的笑话。

我爬起来就跑，风在耳边呼呼地掠过。回家的路特别漫长。等我跑进院子，向日葵一动不动，好像好多人看着我问："咦，阿波上不成学啦？"我跑进家门，将书包往桌上啪地一扔，哭得天昏地暗。

妹妹们不知从什么地方冒了出来，站在一旁看热闹。妈妈看着泥人般的我，大声嚷着："怎么啦？"当我哭诉完，妹妹们笑着跑开了。

脏衣服、脏鞋子、脏书包被妈妈一一洗涤、收藏。它们像是种子，等待下一个季节重见天日，重新发芽。

这一天终于来临了。这次上学，来得热热闹闹，光明正大。

　　早在暑假，外婆、奶奶、姨妈、姑妈就送来了衣服、裤子、裙子、鞋子、袜子，还有书包等学习用品。阊门里每户邻居都送来了鸡蛋，有些人家还送了状元糕或金团。这么多东西，东一堆，西一堆，多得家里没处放。

　　上学前几天，妈妈做了好多金团，像太阳一样圆，金子一样黄，上面印着"鲤鱼跳龙门"图案，妈妈说这叫"上学团"。我们家金团模子很多，有"福""禄""寿""喜""龙凤呈祥""鲤鱼跳龙门"等。许多人家只有一块"龙凤呈祥"，每逢做寿、上学、搬家、满月、结婚、拜佛，都在金团上印"龙凤呈祥"。

　　咬一口"上学团"，那黑芝麻猪油白糖馅儿，哧溜一下，从嘴角流到衣服上。甜呀，糯呀，好吃死了！我跟着妈妈挨家挨户分"上学团"。整个阊门都回荡着邻居们的祝愿声："读书郎争状元哦！""鲤鱼跳龙门哦！""金榜题名哦！"……

　　去年上学的衣服、鞋子，穿在我的身上，不大不小，正好。我吃了"一百分"和一块状元糕，背起书包，对着向日葵轻声说："我要上学啦！"一只白蝶、一只黄蝶，忽前忽后，采着我衣服上的向日葵。

　　爹爹将我领到一间教室，指着一位坐着的穿红格子衣服的姑娘："这是你的班主任周老师。"

　　周老师高高的个子，白白的皮肤，大大的眼睛，长长的辫子，比新娘子还要漂亮。我一下子喜欢上了周老师，我一次次地偷偷看她，怎么看也看不够。她轻轻地摸一下我的头，我积蓄了一年的委屈一扫而光。我暗暗庆幸，幸亏去年没上成学，现在才能遇到她。

　　一个圆脸的女孩和我同桌。她红着脸，声音轻得像蚂蚁叫似的，说："我叫慧慧。"我也红着脸轻声说："我叫阿波。"我们的手指，像蚂蚁的触角，轻轻地碰了一下。我有新朋友了。我低下头，偷偷地笑。

　　"蒋静波。"周老师两次点名，无人答应，她走到我面前说，"在叫你呢。"

　　"哎——到！"

　　这个陌生的名字，第一次在公开的场合、在老师的呼唤中，像一粒看不见的种子，降临到我的身上，与我合而为一。就这样，我成了另一个我。

　　"小么小儿郎，背着那书包上学堂……"回家的路上，一只只麻雀喳喳喳和我一起唱着歌，我的心跳得要比电线杆上的麻雀还要高。我有许多话要对妹妹们说。现在，再滑的田塍也休想把我滑倒。我走进院子里，咦，大脸盘的向日葵们正脸朝着我跳舞呢。

荷包里的鲁冰花

∨
∨
∨

花名：鲁冰花

科属：豆科羽扇豆属

花语：母爱、苦涩、幻想

花期：3—5 月

特点：一年生草本。总状花序顶生，呈穗状，挺拔、丰硕，下方的花互生，上方的花不规则轮生。花色艳丽多彩，有白、红、蓝、紫等色，花期长。

　　"你培训回来，心就大了起来，连打着灯笼也难找的对象都看不上了，你究竟在想些什么？"我端着盛在海碗里的烤芋艿头，跨进了大婶的家，打断了大婶的话。

　　妈妈常说，隔壁邻舍，碗来碗去。我们这里，家里做了点心、烧了小菜，邻居间常端来端去。

　　阿绣姐向我伸了伸舌头，我将舌头伸得比她还要长。

　　"死娘子，搞什么名堂，"大婶吓了一跳，吃了一块芋艿头，说，"不错，咸齑卤烤比盐烤要好吃。"

阿绣拉起我的手，朝外努努嘴。我会意，与她一起朝屋外走。大婶一把拉住阿绣："哪里去？乖乖地待在家里，这阵子静静心。"

阿绣向我耳语了一番，又大声地说："跑过三关六码头，吃过奉化芋艿头。看来，奉化最适合芋艿头种植。"

"谁不晓得？当人家是笨蛋。"大婶看了阿绣一眼。

我飞奔到村口。不一会儿，一位骑摩托车的男青年，将一个小纸袋递给我，让我转交给阿绣。我摇摇纸袋，里面发出窸窸窣窣的声音。

阿绣拆开纸袋，原来是一粒粒花白色的小不点，比芝麻还小。阿绣的眼睛倏然一亮，惊喜地说："是鲁冰花，我的鲁冰花！"

"鲁冰花？"我第一次听说这个花名。

阿绣的脸一下子变得红润起来，说："我特别喜欢鲁冰花，我一直想种鲁冰花。"她从衣袋里摸出一只粉红色的荷包，将这些花籽统统装了进去。

"阿绣姐，鲁冰花好看吗？"

"它像一座小小的尖塔，由无数朵小花组成，从下往上开花，五颜六色，好看得一塌糊涂。"阿绣边比画边说。

"哪里有鲁冰花呢？带我去看看吧。"我央求道。

阿绣轻轻地说："这里没有人种过鲁冰花，我也只是在书上、图片上见到过。不过，总有一天，我会种出来的。"

"阿绣姐，那你现在就可以种了呀？"我催促道。

阿绣说："可能种不了。不过，还得试一试。"她从荷包里小心地取出几粒花籽，撒在院子里，盖上土，周围用树枝围起来。

此后，我天天到这个院子来察看。可是，十多天过去了，泥土里没有一点动静。

阿绣垂下头，说："我就知道，这里的土壤不适合鲁冰花。"

"哪里才适合呢？"我急了。

"我也不知道，得一处处去寻找，"阿绣说，"总有一个地方，适合鲁冰花种植。"

"就像芋艿头适合这里种植一样吗？"

"聪明。"

这段时间，村里好多人看见阿绣扛着一把锄头，在河滩、田野、路边，翻起土，用手捻着，细细地看，有时还带些回家。

一天，大婶要阿绣去那个打着灯笼也难找的对象家去，并叫我妈相陪。

我做了个鬼脸，悄悄地说："你同意了？"

她用拇指和食指圈起来，说："我自有办法。"

妈妈回来后告诉大婶，阿绣一点也不关心对象的家境情况，却从荷包里取出什么花籽，撒在人家的院子里。问她是什么花，只说，如果发芽了，就将花苗带到你家来。

"哎呀，死娘子开窍了。"大婶一拍大腿，笑了。

大约一个星期后，那个打着灯笼也难找的对象捧着镶了花边的花盆，来找阿绣。阿绣一看，砰地将自己关进了卧房。

大婶重重地敲门。阿绣隔着门说："我这花籽出不了这种苗。"

大婶说："那有什么关系？"

　　阿绣说："那里不是鲁冰花生长的地方。"

　　妈妈知道后，也急了，说："这姑娘到底在想些什么？"

　　有一天，阿绣留下一封信走了，说是要到远方去寻找。至于寻找什么，阿绣没有交代。

　　大婶气得哭了起来。妈妈也陪着她一起抹眼泪。

　　我偷偷地笑了。阿绣一定去寻找适合荷包里的鲁冰花籽生长的地方了。我相信，总有一天，她会捧着亲手种植出来的鲁冰花，来给我看。

开在衣服上的桃花

〰
〰
〰

花名：桃花

科属：蔷薇科李属

花语：收获爱情、美好祝福、珍惜美好

花期：3—4 月

特点：落叶乔木。花通常单生，先于叶开放，半重瓣为五个花瓣，有白、粉红、红等色，也有重瓣。

"衣服怎么还没换？再喜欢，也不能天天穿同一件呀。"妈妈看着女孩，笑道。

"你不是说过，穿得细致一点，不弄脏，就可以不换了嘛。"女孩将书包一挎，向妈妈做个鬼脸，朝学校方向奔跳而去。

这件粉红色的灯芯绒衣服，是全校最美的衣服。很多同学还是第一次看见有凹凸条纹状花纹的衣服。那一根根细长的绒条，柔软得像兔毛。好多女同学都想来摸一摸。女孩好紧张，怕她们摸脏了衣服。有人没摸成，对别人说："有什么好稀奇的，又没绣花，好看不到哪里去。"

女孩走到哪里，哪里就有追随的目光。入冬后，大人会到镇里扯块布料，自己动手或请裁缝师傅给孩子们做衣服，到了春节才能穿。春节后，新衣服就被收起来，一般只有在做客、喝喜酒的时候才能再穿。女孩平时能穿着这么漂亮的灯芯绒衣服，简直像个小仙女。一位到邻居家来做客的城里小姑娘，见到女孩，对她说："你真漂亮。"周老师也悄悄问过女孩："这件衣服哪里买来的？"当女孩说是上海外婆买来时，周老师说："怪不得。"

"如果没有这件衣服，你穿什么？"妈妈的声音追着奔跑的女孩。

傍晚时分，粉红色的身影拖着迟疑的脚步，缓缓地移进了家门。女孩将书包一扔，伏在桌上，哇地哭出声来。

"怎么啦？"正在灶间烧饭的妈妈，像被火烫了似的，来到女孩身边。

妈妈掸掉女孩头上的几片枯叶，从上到下打量着女孩。突然，妈妈眉头一皱，看见女孩衣服的右口袋，破成了一个 L 型，一块布片耷拉着。

出乎女孩的意料，妈妈只说了一句："脱下来，我去补一下。"

女孩换上了那件花布旧衣，人蔫了下来。

第二天醒来，女孩一眼看到，床头边放着叠得整整齐齐的那件灯芯绒衣服。她心跳加速，扒开衣服，那只口袋已被粉色的丝线缝了起来，近看就像妈妈肚子上的那个疤痕，隐隐地在她眼中作疼。

要是不捉迷藏就好了，现在，同学们看到这件有伤痕的衣服，会不会笑话我？女孩边想边后悔着，早饭只吃了半碗。

"怎么不穿那件衣服？"妈妈望着仍穿着花布衣的女孩问。

女孩的眼眶一红，一副心事重重的样子。

下课后，女孩就像学校里养的那只受了伤的小白兔，不声不响，躲在角落，一动不动，不管谁来叫她跳橡皮筋、捉迷藏，都拒绝参加。

傍晚，女孩垂着头走进家门，只见妈妈正坐在窗边的八仙桌旁，一手拿着粉红色衣服，一手捏着针线，上下翻飞。阳光透过木格子窗，在桌上投下来自窗外的花影。一只蝴蝶从窗外飞了进来，围着妈妈的手转了个圈。

女孩一惊，难道别处也破了？补不补有什么关系，反正我也不会穿了。

妈妈咬掉一根丝线，看到站在门边的女孩，拉她过来，笑着问："这样喜不喜欢？"

妈妈将衣服在桌上摊平。只见右口袋上，绽放着红色的桃花，棕色的枝条斜横着。左口袋上，也开着一模一样的桃花。哎呀，衣服的领口处，也开了几朵桃花。那张旧八仙桌，因为有了盛开的桃花，也美了起来。

"妈妈，这是谁的衣服？"

"傻瓜，连自己的衣服也不认得了？"

"妈妈，真是个魔法师呀。"女孩高兴极了。眼前的这件衣服，比之前更美。女孩迅速换上这件开着桃花的衣服，咯咯地笑着，笑成了一朵灿烂的桃花。

不说话的喇叭花

花名：喇叭花

科属：旋花科牵牛属

花语：顽强、永恒、爱情

花期：6—10月

特点：一年生蔓性缠绕草本。花呈漏斗状，酷似喇叭。颜色为白色、紫红色、紫蓝色，或混色等。

学校的墙头上，有一只蓝色的大喇叭，它是学校的嘴巴，校长训话、课间音乐、眼保健操和早操口令，都由它来传播。

不知哪一天起，一朵朵紫红色的喇叭花，从墙壁爬到墙头，围着大喇叭，像它生出的孩子。蜜蜂像饼干屑一样，绕着喇叭花，唱着只有它和喇叭花才懂的歌。

"小么小儿郎，背着那书包上学堂……"在大喇叭冲破晨雾和晓光的歌声中，喇叭花合着旋律，轻轻地跳着舞。

坐我前桌的麦秆，喘着气，将屁股重重摔在凳子上。她那扎成马尾的头发边，露着许多碎发。我像往常一样，替她绑辫子。

麦秆告诉我："我妈妈要生弟弟啦。"

我奇怪地问："你家里人还不够多吗？"

麦秆有五个姐姐，麦子、麦花、麦芒、麦芽、麦穗，加上她的妈妈，人称"七仙女"。每天早上一睁眼，麦秆家女孩们人撞人，头碰头，她们的叫声，一个比一个尖，整个村子都听得见。麦秆常常到学校来上厕所、梳辫子。

麦秆摸一下刚绑的辫子，问："你说男孩女孩怎么个不一样？"

"女孩穿裙子、扎辫子，男孩穿裤子；女孩力气小，男孩力气大；男孩长胡子，女孩不长胡子……"

"我是说……身体上。"麦秆打断了我。

我摇摇头。我也奇怪，妈妈生了我们三姐妹。为什么外婆总劝妈妈将小妹送人，再生个弟弟；为什么我家对面的那个矮女人，骂妈妈是个生不出儿子的废物，尽管她的儿子长得歪头耷脑。

我那探寻的目光，扫过一个个男同学，等扫到石头时，眼睛一亮，对麦秆悄悄耳语了几句。

麦秆笑了，说："行，我俩一起好吗？"

我摇摇头。石头是麦秆的邻居，他们好得像兄弟姐妹，好说话，好办事。

"那等我弄清楚了就告诉你。"

墙头的喇叭花，望着我和麦秆，羞红着脸，点点头。

"池塘边的榕树上/知了在声声叫着夏天……"放学了，我和同学们随着大喇叭的歌声，水一般涌出教室。我在学校的大门外，看见石头，急着说："快，麦秆有事找你。"

石头朝教室飞奔而去。想到一个秘密终于要水落石出，我的心怦怦狂跳。

第二天早上，我比往常早上学。麦秆不在，她的课桌上，课本胡乱摊开着。教室里，像有上百只倒翻的田鸡，叽叽呱呱，麦秆、石头、羞羞等词语，在叽叽呱呱中一沉一浮。

倏然间，我的头，嗡地响了。

麦秆和石头，一前一后，走进了教室。他们耷着脑袋，斜着肩膀，像被暴风雨打过的早春的嫩草。麦秆坐了下来，像灰一样轻。随后进来的周老师，威严的目光，横扫一下教室。霎时，教室里安静下来。

周老师严肃地说："同学们，你们已经是小学生了，言语行为要有个度。"

周老师的眼光，像两道钉子，在石头和麦秆身上钉一下，我感到自己也被钉住了。同时，教室里好像有无数支箭，嗖嗖嗖，四处乱飞。

周老师没有细说，我却被巨大的恐惧淹没了。

下课了，麦秆趴在课桌上，一动不动。要不要跟她去说话？我缩着头，不敢。

很长时间，麦秆没有理我。

那一天起，同桌的男生女生，课桌中间出现了一条又黑又丑的三八线。男生女生不再一起玩跳皮筋、跳房子游戏。石头也不和麦秆一起上学、放学了。

墙上的喇叭花，张着圆圆的嘴巴，看着我们，不说一句话。

这学期的最后一天，麦秆蓬着头，转过身，默默递给我一根红头绳。我们互相看了一眼，咻咻地笑了。

　　她轻轻地说，那天，她问石头，男生女生有什么不一样，就在那时，学习委员进来了……

　　我猛然想起一件重要的事，问："你妈妈什么时候生弟弟？"

　　麦秆说："妈妈把弟弟摔没了，爸爸说，'得了，七仙女够了，我当玉皇大帝嘛。'"

　　我俩笑得直不起腰来。

　　坐在旁边前面一桌的石头，双手圈成两个圆筒，架在眼睛上，学着照相店的师傅，咔嚓、咔嚓，给我俩拍了一张张照。

　　蜜蜂受惊似的从喇叭花的嘴巴里飞出，嗡嗡嗡，好好好。喇叭花笑得合不拢嘴巴。

窗台上的栀子花

花名：栀子花

科属：茜草科栀子属

花语：永恒的爱与约定、喜悦、坚强

花期：3—7 月

特点：常绿灌木。通常单朵生于枝顶，花冠白色或乳黄色，高脚碟状，喉部有疏柔毛，冠管狭圆筒形，芳香。

下课铃一响，周老师就捧起书本，低着头，匆匆走出教室。许多双亮晶晶的眼睛尾随着周老师挟着冷风的身影，露出迷惘的神情。

在全镇，我们班的语文成绩出了名地好。我们爱周老师，当然包括爱她讲的课、爱她讲的话、爱她发出的笑。可是这些日子，周老师不知怎么了，常耷拉着脑袋，不爱说笑了，仿佛一朵脱了水的鲜花。

昨天下课时，我怯怯地问，周老师，一起去跳绳好吗？她摇摇头。

以往这个时候，周老师会主动融入了我们的队伍，与我们一起踢毽子、跳橡皮筋、玩石头剪刀布，或者唱一首刚学会的新歌、讲一个有趣的故事。一阵阵笑声在学校的空中飘来荡去，好多同学不是忘了上厕所，就是没时间上厕所，有两位同学为此还尿湿了裤子。后来周老师规定，一下课，所有同学必须先上厕所。

我们几个班干部凑在一起，讨论起周老师的情况。我们对周老师的猜测有很多，包括生病啦，要调走啦，与人吵架啦，等等。亚珠说，周老师的窗台上没有花了。

这是一条重要的线索。周老师的寝室就在我们教室的楼上，站在教室外，一抬头，就能望见周老师寝室的窗台。这个学期以来，窗台上经常出现火红的月季花。我上去观察过，很奇怪，这些月季花有很多密密麻麻的刺，与我家院子里的月季花不同。后来我才知道，周老师窗台上的是玫瑰花。邻居小芹姑姑的男朋友就给小芹姑姑送过这种花。

有一次，在学校门口，我看见一个穿着红衬衣的姑娘跳上一辆红色的摩托车。摩托车嗒嗒嗒一响，飞一般开走了，机耕路上扬起一片灰尘，像是谁扔了一颗烟雾弹似的。

好一会儿，我才回过神来，那姑娘原来是我们的周老师。周老师平常喜欢穿素色的衣服，现在突然换上了红衣服，一下子认不出来了。当然，周老师无论穿什么，都是美丽的。

很快，爹爹证实了这个消息。骑摩托车的是周老师的男朋友，他在城里给周老师安排好了工作，周老师要调到城里去了。我听了，强忍着不让眼泪掉下来。我在想，如果周老师调走了，谁来教我们啊？我们爱周老师，就像爱自己的妈妈。如果让我们换掉自己的妈妈，我们能不伤心嘛。

回家后，我又向爹爹打听，周老师与男朋友分手了吗？

爹爹说，这很正常，谈得来就相处，谈不来就分开。咦，你不好好学习，打听老师的私事干什么？

我听了，笑了起来。我飞奔出去找亚珠，要把这个好消息告诉她。不过，我也得想个办法，让周老师高兴起来。

一天放学后，我和亚珠潜伏在教室里，看到周老师走出学校，我俩便溜进周老师的寝室，抓起床上的一条裙子，来到小河边。亚珠洗裙子，我望风。洗好后，我们将裙子晾在寝室的过道上。我们想象着，周老师看到晾着的裙子，不知会露出怎样惊讶的神情呢。以后的几天，我们还洗了周老师的一件衬衣，一条长裤……直到我们在寝室里找不到任何一件衣服为止。

望着周老师窗台上的那只空花瓶，我突然想到了栀子花。初夏，正是栀子花盛开的季节，洁白的花瓣，嫩黄的花蕊，配上绿色的叶子，素净美丽。更重要的是，栀子花很香，比桂花、茉莉花都要香。

这天，我和亚珠从山上采来一大捧栀子花，跑到学校时，天已经暗下来了。第二天早上，周老师带着好闻的栀子花香，走进了教室。我发现，她微笑了好几次。我和亚珠相视一笑。

许多同学知道了这个秘密，也想去采栀子花送给周老师。我排了值日表，两人一组，每隔两天，轮流上山。就这样，周老师窗台上的栀子花，从五月一直开到六月。

爹爹说，你们的周老师告诉我，她的窗台上天天开着栀子花，她一定很开心吧。

我大声地说，当然啰，现在，周老师又爱笑了。

这天，周老师捧着一只白瓷盆走进教室，盆子里长着一株植物，有一尺来长，顶着几片嫩嫩的绿叶。

周老师将花盆放在讲台上，然后，向我们鞠了一躬，说，同学们，山上的栀子花快要谢了，从今天起，我宣布，你们的值日活动取消了。看，我把栀子花插活了，它会永远开在我的窗台上。

哗哗哗，我们一起拍起手来，我把手掌都拍疼了。

下课了，周老师抓起教室角落处的一根长绳走到教室外，掸掉上面的灰尘，大声说，同学们，谁跟我一起跳绳啊？跳一次，奖励你们一块大白兔奶糖。全班的同学立刻围拢过来，谁都想吃大白兔奶糖呀。穿着白衬衣、绿裙子的周老师，多像一朵跳动的栀子花呀！

晚上，我突然冒出一句，这下子，周老师不会走了。

爹爹问，你那么肯定？

我说，嗯，我肯定。

黑屋里的牡丹花

花名：牡丹花

科属：芍药科芍药属

花语：圆满、富贵、吉祥、幸福、雍容华贵、国色天香

花期：4—5月

特点：落叶灌木。花单生枝顶，花朵较大、宽厚，呈长椭圆形，花瓣多为重瓣，艳丽缤纷，花香清幽，有"国色天香"之称。

清早，我听见楼下传来一阵歌声，咿咿呀呀，一字一音一转，极缓极缓。就像一朵绮丽繁复的花，一个花瓣一个花瓣地张开，慢慢升到空中，又散成一个个花瓣，一片一片飘落。那么美的曲子，平生我还是第一次听到。

循着歌声，我来到闾门里一间屋前。那是阿定的家。那屋子又破又黑，终日不见阳光，我的纸飞机曾几次飞进那间屋子。一个大雨天，我进去寻找我的纸飞机。一顶黑黄色的蚊帐顶上覆着一层塑料纸，像田里的大棚。水从大棚上流下来，床周围的地上湿漉漉的一片。桌上放着一只面盆，雨水滴落下来，叮咚叮咚响

个不停。

平时只关矮门（防止鸡狗进入）的黑屋，此刻门窗紧闭。上了青苔的屋前，站着好些人，一个扒着门缝往里张望，一个砰砰拍着门，大声嚷着："阿定，什么东西在唱？让我看看。"

"有什么好看的？"门忽地闪出一条缝来，映出阿定小半张黑红的脸，随即又砰地关上了，"闭嘴，吃饭。"

歌声骤然而停，像是关了开关。隔壁坐在门槛上择野菜的婶子，脸上发出一丝神秘的微笑。

之后几天，时不时，我会听到从那屋里传来的歌声，时轻时重，唱的时间不长，有时只哼一个字，就像火花一闪。不知道歌词，也不知道究竟唱的是什么。阊门里的人窃窃私语："这小子什么时候有钱了，买了收音机，还是阊门第一家？""稀奇归稀奇，也太小气了。"

一天早上，那屋里又传出咿咿呀呀的歌声，延续了好长时间。阿定背着锄头已出了门，想必是忘了关收音机。房屋门口，渐渐聚集了阊门里和阊门外的人，都说阿定的收音机特别好听。那间紧闭的黑屋，像一个大收音机，每个人都痴迷着里面的歌声。住在村里另一头的阿大公公拖着浮肿的双腿，沿路摸墙过来，屁股重重地落在屋前的石头上，说："想不到，活着还能听到这么好的昆曲哩。"

昆曲是什么？我一愣。

收音机不响了。难道没电池了？我们站在原地，有些懊恼。正在这时，那扇木门和矮门同时打开了，一个陌生的姑娘，猛然出现在我们面前。那瘦长单薄的身形，像风中的柳枝，姑娘身上的黑裤蓝衣与旁人没什么不同，唯一不同的是，鬓发上插着一朵大红绢花。

刹那间，黑屋一下子变亮堂了。我大吃一惊，揉了揉自己的眼睛：她是谁？从来没见阿定家出现过女人的身影，难道她是从收音机里走出来的？那姑娘也不说话，边舞边唱。尽管不知道她唱的什么，我却沉醉其中，像是走进了百花盛开的春天。阿大公公唰地站了起来，好像这两条腿霎时有了力气，竟跟随着哼出："原来姹紫嫣红……"

我奇怪地问："公公，你也会唱？"

这时，一身泥衣的阿定出现了，他拨开人群，一声不吭走进屋里，砰地关上门，歌声戛然而止。接着里面传来乒乒乓乓声和哭泣声，人们四散而去。

那以后，那姑娘和她的歌声都一起消失了。

阿定好像也傻了，经常坐在那间黑屋前自言自语："晦气，真晦气，足足20斤大米啊。"

"后来呢？你见过她吗？"我看着正拨弄着崭新的红灯牌收音机的爹爹问。

爹爹指着收音机说："嘘，你听。"

"原来姹紫嫣红开遍，似这般都付与断井颓垣。良辰美景奈何天，赏心乐事谁家院？"收音机里那个婀娜艳丽的声音，就像是开在空中的一朵牡丹花。

"哎呀，这声音、唱腔怎么一模一样？"爹爹露出惊奇的神态。

鼓爷的鼓子花

∨
∨
∨

花名：鼓子花

科属：旋花科打碗花属

花语：恩赐

花期：7—9 月

特点：多年生草本。茎缠绕。花腋生，1 朵；苞片宽卵形，顶端锐尖；萼片卵形。开漏斗状合瓣花，白色、淡红或紫色。

小素家的院墙上，爬着淡红色的花，零零星星，蔫不拉唧。

我说："牵牛花快死了，我帮你拔掉吧。"

小素拦住我的手，说："别，这是爷爷的鼓子花。"

小素的爷爷，是远近闻名的鼓手，人们都叫他鼓爷。

我凑近，却分辨不出牵牛花和鼓子花有什么不同。"你再看看。"小素做着吹喇叭和打鼓的手势，启发我。

这下，果真看出了名堂。牵牛花像喇叭，长一点；鼓子花像鼓，矮一些。

鼓爷和鼓子花的故事，被很多人提起。鼓爷年轻时，有一天，敲完鼓，一位姑娘送给他一束鼓子花。后来，鼓爷与那位姑娘成了家。他们的院子里种了好多的鼓子花。

"后来呢？"我问小素。

"剧团解散了，爷爷回了家，奶奶也病死了，鼓子花渐渐枯萎了。"小素说。

这一天，我在小素家，一位陌生男子找上门，请鼓爷去敲鼓。小素说："爷爷病了。"

谁也不知道鼓爷究竟得了什么病，整天躺着，也不去看医生，有时连饭也不吃。有一次，鼓爷靠着院墙，弯着腰，对着鼓子花自言自语："你看你，也像我一样，快散架了，我们马上要一起上山啰。"

我实在难以将眼前的老人与传说中的鼓爷合成一人。鼓爷的父亲是外省人，年轻时来到这里敲鼓。那个时候，这一带方圆几十里，每年要举行各种庙会，礼拜会、青苗会、稻花会、高桥会、提灯会，有上百种呢。庙会少不了鼓声。如果几个庙会同时举行，那就尴尬了——鼓手不够。鼓手就像明星，年轻的鼓手更惹人注意。有的人是专门冲着鼓手来赶庙会的。庙会举办方就想办法抢鼓手。鼓爷的父亲被我们村的一户人家看中，招了女婿。鼓爷早早接过了他父亲的鼓，十几岁进了县剧团。据说，还是台柱子呢。

我好想听一听鼓爷的鼓声。小素却说，她也只是在很小的时候听过，早忘了那鼓声，她的爸妈讲，现在谁还稀罕听那破玩意儿？又不赚钱。

"看来，我妈最后的心愿，实现不了啦。"陌生男人长叹一声，准备离去。

"谁想听鼓？"后屋的门突然打开了，鼓爷走了过来。

陌生男人像看到了救兵，说："您一定就是鼓爷吧？我妈常说，我们这地方，就数您的鼓敲得最好最响，她还是您的粉丝呢。临终前，她还念叨着要听您的鼓。"

"你妈没了？"

"咽了气，我想满足她的遗愿，可实在说不出口……"

"我明白了，请随我来。"

我们跟着鼓爷一起走进了隔壁的杂货间。杂货间堆着稻谷，放着农具，还有一具没上过漆的棺材。鼓爷指着棺材，对陌生男人说："帮我一起抬开盖子。"

鼓爷和陌生男人一起抬起棺材盖，将它放在地上。鼓爷从棺材里抱出一个套着绣花布袋的圆鼓鼓的东西，打开布袋的口子，里面露出一面红色的大鼓。鼓爷抚摸着大鼓，像面对久别重逢的亲人，说："真想不到，我活着咱俩还会有见面的一天。"鼓爷的手在鼓面轻弹几下，大鼓发出"咚咚咚"的声音，像在欢快地回应着。

鼓爷又从棺材里取出一套白色红边的绸缎衣服，马上脱下皱巴巴的外套，换上这套新衣。穿戴整齐后的他，脸庞红润，精神倍增，像年轻了好几岁。鼓爷挺着腰，哼着曲，随着那个男人，一阵风似的走了。

第三天，鼓爷带回了一束鼓子花。那户人家要给他钱，鼓爷摇摇头，指着他家院子里的鼓子花，说："要给，就给我一束鼓子花吧。"

来找鼓爷的人，渐渐多了起来。鼓爷一去就是二三天。有人说："鼓爷脑子进了水，剧团和灵堂，一个是天，一个是地。"鼓爷听见了，什么也不说。

办丧事的鼓乐队闻讯，纷纷赶来，请鼓爷加盟，提升名气。鼓爷说："我不参加什么队。"

一个鼓乐队的领队说："加不加入，都在灵堂表演，还不是一样？"

鼓爷说："那可大不一样。"

鼓爷坚持一个原则，他敲鼓，不要一分钱，但必须得主人亲自出马请他，好酒好饭招待。

有人说："鼓爷真傻，现成的钱不要，不知图个啥？"

这一天，我看到鼓爷弯着腰，拿一把锄头，在院子里松过土，种上了一棵秧苗。

"爷爷，你在种什么？"

"鼓子花呀。"鼓爷伏下身，将耳朵贴近鼓子花苗，说："你来听听，鼓子花里传出了鼓的声音。"

我凑近耳朵。哪里有什么声音？

鼓爷摇摇头，遗憾地说："不骗你，我的耳朵背了，也能听见鼓声。"

我一眼瞥见，门框边的架子上，放着一只鼓。我走上前去，用手拍打起来，那鼓发出了响亮而有力的"咚咚咚"声。

"对，就是这个声音。"鼓爷呵呵地笑了。

看着鼓子花，我忍不住想：这是鼓爷一个人才能听见的鼓子花的声音吧？

屋顶上的太阳花

花名：太阳花

科属：马齿苋科马齿苋属

花语：热情、激情、活力、隐藏的爱、沉默的爱、一直守望爱情的女人

花期：6—7月

特点：一年生草本。午间开放，阳光越强花色越亮。花色艳丽，颜色有红色、黄色、白色或粉红色等。

　　我的家，位于一条只有一个进出口的弄堂里。弄堂两边，都是些砖木结构的两层楼房。弄堂的青石板，像刚出水的镜子，又湿又滑，稍不小心，就会打滑甚至摔跤。家里除了湿还很暗，即使是白天也要点灯。从外面进来，像一下子瞎了眼，得过上好一会儿，屋里的东西才会像从水里浮起一般，以灰白色的轮廓映入眼帘。

　　爹爹告诉我，这房子是他的爷爷传给他的爹爹，再传给他和我们的。这就是为什么我们住在这里的理由。可是，我总梦想着

有一个宽敞明亮的家。

"你住哪里?"有一回,一个同学和我们在闾门里玩,分手时问我。

我的脸一红,快速地指了指那条弄堂,仿佛那是一个羞于被人知道的秘密。

"到底哪里?"她望着那里的一片老房子。

"那里——"我的手指向上一翘,指向我家的屋顶。

屋顶上,一盆太阳花,像燃烧的火焰。蝴蝶绕着太阳花,飞了一圈又一圈。那是妈妈的杰作,也是我的骄傲。

"哇,那里真美!"那位同学抬起头,发出由衷的赞美。就这样,她将对我家的注意力,转移到了屋顶上的太阳花。

屋顶上的太阳花,只能远远望着。

"屋顶有什么好看的?"妈妈边给我的花裙子系上蝴蝶结,边警告我,"女孩子不要去爬屋顶哦。"

"为什么?"

"要着火的。"

我被吓住了。这么说,爬上屋顶的女孩子比男孩子,不,比火柴,比蜡烛还要厉害。还记得村东一户人家着火,大火呼呼呼疯了一般蹿上半边天。好好的房子,烧成了一堵焦黑的断墙和碎裂的瓦片。

一天,爹爹爬上屋顶,翻动瓦片,修补漏洞。屋顶上的爹爹,威风凛凛,像得胜的将军,那火红的太阳花,将爹爹映衬得格外高大。

爹爹仿佛看出了我的心思,说:"女孩子不能爬屋顶。"

“为什么？”

“否则就不是女孩子了。”

这就是说，爬上屋顶，我会变成男孩子？爬上屋顶，真够危险。

有一天，我轻轻地飞上屋顶，却看不清太阳花。我急得围着破瓦盆和黑瓦片转呀转，找呀找，还是看不清。我低下头，看见我的花裙子变成了蝴蝶的翅膀，不禁哭了起来……

“不哭，不哭。”是妈妈的声音。一双温暖的手搂住了我。

我猛地一惊，原来我做了一个梦。

路边的墙上，“一不怕苦，二不怕死”八个大字像阳光下的太阳花，发出耀眼的光芒。我深深吸一口气，朝自己的手心吐一口唾沫，撸起裙子，跳上凳子，爬上窗边的八仙桌，越过窗台。

前方，就是屋顶。屋顶上的太阳花，向我发出迷人的微笑。

一棱棱瓦片，排着整齐的队伍，静静伏在屋顶。一根被烟熏得黑乎乎的烟囱，像粗壮的桅杆，从我家的厨房伸到屋顶，指着天空。向下倾斜的屋顶，像水中颠簸的船，我怎么也站不起来。我用蹲的姿态，小心伸出一只脚，再伸出另一只脚，慢慢靠近太阳花。

每一朵太阳花，都像一个红太阳，温暖快乐。它们从破瓦盆中生长，又脱离了破瓦盆的束缚。那些花瓣，跟我的花裙一样薄，一样滑。现在，这里成了我一个人的花园。

瓦片很黑，瓦片上的世界却那么明亮，像一张太阳底下没有写过字的白纸。我在心里喊：“这才是我要的家。”有了这个家，我就不怕同学进来找我。

一个个屋顶，有连成片的，有隔些距离的。从这里望去，所有的房子变得又黑又小，即使是公认的附近最大最亮的那间也不例外。我的眼光越过村口的小河，越过田野，看到一座座山。我知道，登上山顶，会看到东海和更远的地方。

"你怎么在屋顶玩？快下来！"妈妈气喘吁吁跑来，大声说。

下来后，我拿着一朵太阳花，问妈妈："咦，我家怎么没有着火？我怎么也没有变成男孩子？"

破碎的百合花

∨
∨
∨

花名：百合花

科属：百合科百合属

花语：顺利、心想事成、祝福、高贵

花期：5—6 月

特点：多年生草本。鳞茎球形。花单生或几朵排成近伞形，花梗长而稍弯，花喇叭形，向外张开或先端外弯而不卷，有香气。花色艳丽丰富，种类繁多。

初夏的阳光似乎比冬日更为寒冷。我躲在楼上，拉上窗帘，阻挡着刺眼的日光，沉迷于黑暗中，无法自拔。

窗外的世界喧闹不已。蝉在树上知了知了地鸣叫，小伙伴们聚在一起，大声呼喊：小军，小平，快来捉迷藏呀。他们当然也喊了我的名字，其中一位朝我家的楼上指点着。我没应声。往日沉湎的游戏，此刻已激不起我的兴趣。

我拿出藏在桌底的一条裙子。蓝色的棉布上，开着朵朵白色的百合花。几朵破碎的百合花上，立刻有刺耳的声音和不堪的画面向我扑来。

"你妈妈在哭……"

"她举着一条花裙子……"

"是你爹爹撕碎的……"

那天放学，我哼着歌，一蹦一跳地从教室里出来。两个同学站在教室外，指着学校门口，讪讪地告诉我："你妈妈……你妈妈在哭……"

妈妈怎么啦？一股血流涌向我的脑门。我飞快冲向学校门口的操场。操场的一个乱石堆旁，围着好几层人，像是看马戏团演出。好多人看到我，自动让出一条通道。通道最里面传来熟悉的声音。

"呜呜——这个没良心的！"一个女人边哭边说。

是妈妈！

瞬间，我的血凝固了。我明白了妈妈哭诉的内容。在众目睽睽之下，我涨红着脸，硬着头皮，如赤脚踏在玻璃碴上，一步一个刺痛，慢慢向马戏团的中心靠近。

时间过得如此漫长，仿佛长达我十一年生命的光阴。妈妈声嘶力竭地声讨着、哭泣着，四周是令人窒息的寂静。我无数次想到退缩，却还是机械地向前。如果我是一滴水，就能融入人群中，那该多好。

哭诉声穿破我的耳膜。那个披头散发、一把鼻涕一把泪的女人，怎么会是我的妈妈？那个歪坐在石堆上，双手扯着一条花裙子，就像展示一面旗帜的女子，怎么会是我的母亲？

"你们评评理，这是他撕碎的，他还打我……"她一边说，一边撩上宽大的裤腿。雪白的大腿上，几块乌青就像一只只乌贼，张牙舞爪。

我紧盯那条撒满百合花的裙子，那是我最喜爱的妈妈的睡裙。每一朵百合花上都盛满了我的欢笑。如今，好几朵百合花已碎成了两半。

"阿波——"妈妈看见了我，叫道。

众人的眼光像一枚枚尖刺，齐刷刷射向我的身体，我霎时体无完肤。我掉转身，朝外面狂奔。好像刚刚我被当众扒了个精光，一种从未有过的羞耻感如潮水般将我吞没。

一连许多日子，我读不进书，写不好字，一放学，就将自己关在楼上，静静地坐着。我只想避开别人的视线。

爹爹、妈妈又开始说说笑笑了。可我却难以与他们、与自己和好。

我翻出那条妈妈洗净后的裙子，扔在地板上，踏上一脚，再踏上一脚，还不解恨。我在原先撕破的百合花上，用尽力气，再撕一下。"嗞——"百合花发出委屈的长音。

"奇怪，那条裙子怎么不见了？"妈妈自言自语。

任凭妈妈如何寻找，我就是不作声。

"死娘子，一定是你藏起来了，害我好找！"妈妈终于在桌底下发现了她的裙子。

妈妈坐在缝纫机前，将裙子摊平，细细地缝补起来。我的心忐忑不安。好在她并没有发现新增的破碎的百合花。

妈妈又穿上了那条裙子，但缝合起来的百合花上，有一道明显的裂痕。

以后，上学放学的路上，我开始喜欢独行。每次经过操场的乱石堆旁，好像又被重新展览了一次。我羞得抬不起头来。

一天，我来到周老师的面前，轻轻地说："我不想当班长了。"

"理由呢？"周老师问。

我咬着牙，泪水在眼眶里打着转。

"傻孩子。"周老师抚摸着我的头发，拿出手绢，轻轻拭去我的泪水。

"呜呜——"我扑进她的怀里，放声大哭。

晚归的海棠花

⌄
⌄
⌄

花名：海棠花

科属：蔷薇科苹果属

花语：温和、美丽、快乐

花期：4—5 月

特点：乔木。花序近伞形；花梗具柔毛；苞片膜质，披针形，早落；花瓣卵形。色艳，有粉色、红色、紫红色、白色等。品种繁多。

早上，院子里的海棠开了。两朵海棠，背靠背，长在同一细枝上，红红的脸，笑眯眯的。

妈妈将两朵海棠摘下，我和妹妹头顶上各戴一朵，并用发夹固定。

妈妈看看我，又看看涛涛，说："瞧，戴了海棠花，两姐妹更像了。"

"一点儿都不像。"我瞧着白白胖胖洋娃娃似的涛涛，又想想细脚伶仃像根绿豆芽的自己，嘟起了嘴。

"我说像就像。"妈妈说。

我和妹妹好羡慕闾门里的阿圆、阿芳姐妹俩，一样的单眼皮，一样的厚嘴唇，更为神奇的是，嘴角有一模一样的一粒红痣，像印糕板印出来似的。她俩吵架时，好多人都分不清谁对谁错，人家早把她们搞混了。

下午，妈妈叫我和妹妹到离家三里路的姑妈家捎信。半路上，我们看到一个农民从庄稼地里换下塑料薄膜，好大的一堆，扔在路旁。

我停下脚步，盯着塑料薄膜。妹妹说："姐姐，我们捡了卖掉怎样？"

我其实也有这个打算，就怕妹妹不肯去比姑妈家还要远的废品收购站。听妹妹一说，我来劲儿了，轻快地将塑料薄膜卷起来。田里，还有一片像手绢那样大的薄膜。前两天，淘气的小花猫，在海棠树下扒了一个小坑，海棠树正缺土呢。我用那块小薄膜包了一点泥土，放进口袋，和妹妹一左一右扛着塑料薄膜，向镇上的废品收购站走去。路过姑妈住的村庄时，我们互相做了个鬼脸。

塑料薄膜卖了一元多钱。这是一笔很大的财富，可买好多东西。妹妹很馋，看见大饼、油条，眼放绿光，恨不得吞进肚中，连掉下的一粒芝麻也不肯放过。我和妹妹不相上下，想起大白兔奶糖、动物饼干，嘴角马上流出亮晶晶的长长的口水。

只是，现在我更想买连环画。话一出口，我的好妹妹郑重地点了两下头。于是，我们手拉手，大步朝供销社走去。

供销社是个让人仰望的地方。自行车骄傲地悬在头顶上，一长排布匹在墙上炫耀着五颜六色的美丽，玻璃大瓶里的话梅、糖果发出令人烦恼的香，更多的餐具、书本、鞋子关在玻璃柜台里面……我们的眼光，只往玻璃柜台里瞅。最边上的一个柜台前，一本本花花绿绿的连环画，在封闭的玻璃柜里，排着整整齐齐的队伍，像等待检阅的士兵。两个服务员坐在柜子里高高的凳子上，威风凛凛，像两个司令员。我们隔着玻璃，选了几本喜欢的连环画，再趴在地上，眼睛像雷达一样从下往上扫背面的价格，终于用所有的财富换来了两本连环画。

我们马上想看连环画，连一分钟都不想等待，就倚在玻璃柜前，一本接一本看。妹妹点着字，我们一起一行行一个个地念，如果妹妹不会念，我就告诉她这个字的读音和意思。

男"司令员"说："瞧这姐妹俩，多爱看书。"

女"司令员"说："瞧她们的神情，多像一对双胞胎。"

一种说不出的欣喜在我的心底弥漫开来。我和妹妹虽然不是阿圆、阿芳那种像法，但如果细想，我俩比阿圆、阿芳还要像得多。我们有一只收藏海瓜子壳的共同的抽屉，常对着有着一模一样花纹的一对对壳惊叹不已。我们把爹爹学校里死掉的小兔子偷出来，葬在我们挖的兔坟里，一起哭上半天。我们走进家门，会自觉地用挂在门角的围裙按从头到脚的顺序掸去灰尘。我们开心时，会发出像玻璃杯摔在石板上那样清脆的笑声。

"快回家吧，两姐妹，妈妈在喊你们吃饭了。"女"司令员"柔声说。

回来的路上，突然下起大雨来。我们躲在路边敞着黑黝黝洞口的砖瓦厂旁，想象着里面潜伏着许多鬼怪的情形，吓得瑟瑟发抖。我刚要张开喉咙，妹妹已大声唱起来："叮叮当，叮叮当，铃儿响叮当……"我惊讶极了，这正是我想要唱的歌呀。只要唱起这首歌，我就会忘记害怕。

"叮叮当，叮叮当，铃儿响叮当……"我和妹妹在雨中一直唱到村口。

远远地听见了妈妈的声音："两只落汤鸡，带一封信这么晚才回来？"

"糟了，忘记带信了！"我和妹妹同时惊叫起来。

妈妈说："算了。咦，你们头上的海棠花，比早上开得更好看了。"

送你一朵蓬蓬花

∨
∨
∨

花名：一年蓬花

科属：菊科飞蓬属

花语：随遇而安

花期：6—8 月

特点：一年生或二年生草本。头状花序，排列成圆锥状；苞片披针形，边花舌状，2 层，白色或淡蓝色；两性花筒状，黄色。

"送你一朵蓬蓬花。"石子露着两颗小虎牙，变戏法一般，将一只握着一朵小花的手从身后伸到我面前。

我接过花，继续走路，见石子进了他家的门，就将花扔在了路边。

石子家门口的空地上，开着成片的野花，金黄的花蕊，白色的花瓣，淡淡的菊香，极像野菊花。人们管它叫一年蓬。每逢有人泻肚子、胃难受、被蛇虫咬，就用它煎着喝，或者捣烂敷上，据说很管用。一年蓬开的花，一蓬一蓬的，我们叫它蓬蓬花。

大人们拔一年蓬时，总要跟石子的妈妈打个招呼，好像一年蓬是她种下的。其实，田畈里也有一年蓬，只是没这么集中，也没长得这么好。石子将一年蓬当成宝，看到鸡呀，猪呀，狗呀走近，又赶又踢，弄得家门口时常鸡飞狗跳，灰尘飞扬。石子的妈妈只好在一年蓬周围围上了篱笆。一年蓬长得更旺了。

石子三岁时患过脑膜炎，脑子不太灵光。他曾经与我是同班同学，读了一年的书，也没学会拼音和简单的加减运算。石子的妈妈叫我多教教石子，常送给我麻糍、金团、年糕干吃。我虽不情愿，但也没办法。有一次，我在石子家教他拼音，教了半天，也教不会。我背起书包，边走边骂："笨蛋，傻瓜，不理你了！"

石子飞快走出家门，摘下一朵蓬蓬花递给我，说："喏，送你一朵蓬蓬花。"

我突然变得不好意思起来，红着脸，说："谢谢你，花真好看。"

"嘿嘿嘿。"石子咧着嘴笑了。

那以后，石子只要看见我，就会送我一朵蓬蓬花。

入了秋，我读二年级了。石子没来上学。放学后或者星期天，石子常常来找我和妹妹玩。尽管妈妈叮嘱过，不要与石子玩，可是，石子不捣乱，又听话，叫他干啥，就干啥，我们不好意思拒绝。我说："把这块大石头搬得远远的。"他就咬着牙，将大石头搬到我看不见的地方为止。妹妹指着一个小水潭，说："快将这些水弄干。"石子飞奔回家，拿来一只面盆，埋头舀水。

有一次，石子正和我们玩，一个男孩子把他叫了出去。等我发现时，男孩子逃走了，石子趴在地上，边哭边吐。原来，那个男孩子不知用什么法子，引诱石子吃了一口牛粪。妹妹叫来了石子的妈妈。石子的妈妈重重地敲着石子的脑袋，放声大骂："谁叫你来玩？丢人现眼的东西，还是死了好！"我也被妈妈骂了一顿。

有一天，我看见一个穿着白衬衫、蓝裤子，打扮一新的男孩，站在石子家门口。当他送给我蓬蓬花时，我才发现，原来是石子。

"石子，今天好漂亮呀。"

"做客去啰，做客去啰。"石子在原地转着圈。

"做客真好，有新衣服穿，有好东西吃。"我说。

石子说："做客去啰，好东西也给你吃。"

一星期过去了，石子还没回来。此后的每一天，我路过他家门口时，总要放慢脚步，想看看石子有没有来。一丛丛的蓬蓬花，风一吹，轻轻地摇曳着，好像随时等待着石子的采摘。

几天后，我忍不住去敲石子家的门。门虚掩着，石子的妈妈躺在床上，头发散乱，声音沙哑地说："石子喜欢他姑姑家，可能会住好长时间。"

蓬蓬花谢了，石子还没回来。

蓬蓬花又开了，石子还是没回来。他的妈妈生了一个小弟弟，名字还是叫石子。

妹妹问："以后石子和小弟弟在一起时，我们怎么叫他？"

妈妈说："一个名字两个人用，肯定有一个人要让出。"

石子一直不回来。他知不知道自己做了哥哥，有了一个与他同样名字的弟弟？有没有忘记门口的蓬蓬花？

妈妈提着一篮鸡蛋、一包长面、一斤红糖，给石子的妈妈送生姆羹。我也跟着去了。她们小声地说着话，好像不想让我听见。但我还是听到了石子的妈妈提到了石子的名字，听到了她轻轻的哭声。

"婶婶，石子到底什么时候回来呀？"我忍不住问。

石子的妈妈奶着另一个石子，没有回答。

妈妈拉住我，起身就走。出了门，妈妈叹口气，说："以后，不要再提石子了。"

"为什么？"

"石子……在山里迷了路，找不到了。"

那一刻，我突然想去山里找石子。我仿佛看见了漫山遍野的蓬蓬花开得正旺，一朵蓬蓬花像玩捉迷藏游戏似的，在花丛中探出头，变成了石子，迎着我，咧着嘴，说："送你一朵蓬蓬花。"

永不开败的草籽花

﹀
﹀
﹀

花名：草籽花

科属：豆科黄芪属

花语：幸福

花期：2—6 月

特点：二年生草本。用于肥田。总状花序，伞形。苞片三角状卵形；花萼钟状；开紫花；旗瓣倒卵形。

春季，田野上的油菜花田和草籽花田最是惹眼。油菜花结的籽要卖钱或打菜油，我们不敢去油菜花田玩耍；到草籽花田撒野，大人看见，也会阻止。草籽也有大用处：嫩草籽，人和牛、猪、羊都要吃；老草籽留种，还要肥田。

村庄的边缘，有一处野地，植物茂盛，蜂蝶飞舞，像百草园，随我们闹腾，没人来阻拦。虽然有荆棘会钩破衣服，刺破皮肤，但它仍是我们最喜欢的地方。野地旁有一个池塘，独腿爷爷放的老黄牛每天都在那里洗澡，有时候，我们还可以在牛背上骑着玩。

这一天，我和妹妹、小芬在野地里办家家，将花草当蔬菜、点心，招待客人，也招待自己。正当我们要吃"蔬菜""点心"时，突然，有人喝道："不许吃！"

原本在池塘边的独腿爷爷，不知什么时候，拄着拐杖，一步一挪地出现在我们面前。看他严肃的样子，比大人阻止我们在油菜花田和草籽花田撒野的情况还要严重。

独腿爷爷没有亲人，一个人住在一间破败的小屋里。他的工作就是为村里放牛。谁也不知道，独腿爷爷的右腿是怎么弄丢的。有说被雷电击的，有说被石头砸的，也有说被汽车压的。说得最多的是，他当过兵，残疾了，就回了村。他听了只是笑笑，从不回答。

独腿爷爷的脸上始终挂着微笑，好像遇到的净是喜欢的人和事。看到小孩，他总要翻空衣袋，把里面的蚕豆、花生、年糕干等零食，统统塞到我们手上。有一次，就在野地里，我们围住他，追问腿的事。独腿爷爷说，很久以前，被一条恶狼咬的。一个小伙伴央求，想看看那条被恶狼咬过的腿。我和妹妹逃得远远的。事后，小伙伴们有声有色地描述，那条残腿根部凹凸不平，有好多疤痕，十分怕人。

独腿爷爷一一指着各种的"蔬菜"和"点心"，板着脸说："这是美洲商陆，这是曼陀罗，这是断肠草，都有毒，不能去碰，更不能吃，会毒死的。"

我和妹妹吓得哭了起来。我们的手上还染着这些毒草的草汁呢。

"跟我来。"

我们跟着他来到池塘边，他指着一处浅滩，说："快把手洗干净。"

池塘里的牛"哞——"的一声，从鼻孔里喷出两股水流，好像想给我们洗手似的。

第二天，我经过野地，看见独腿爷爷在锄草。他左手拿着锄头，锄几下，歇一歇。突然，他摔倒在地，左手仍握着锄头。独腿爷爷右手撑着拐杖，又站起来，继续锄草。

"爷爷，锄草干吗？"

"到时候你就知道了。"他笑着，脸朝着太阳，像一朵向日葵。

我蹲下，正想拔草。

"回家吧。那些毒草，得连根掘起来呢。"

这个秋天到冬天，独腿爷爷一个人几乎每天都在野地里锄草。

第二年春天，野地里突然冒出成片的草籽花。一簇簇紫色的小花，像满天的星星，一闪一闪眨着眼睛。淡淡的花香，吸引着一群群蜜蜂前来采蜜。

呼啦，一下子，好多小伙伴都来到了野地。

"原来……原来……"我们兴奋极了。

独腿爷爷笑着说："孩子们，这是你们的花田，爱怎么玩就怎么玩吧。"

我们边说着"谢谢爷爷"，边在花田里疯玩起来。欢笑声乘着风，飞了起来。

我们想给原来的野地、现在的花田取名"我们的花田"，问独腿爷爷好不好。

"好、好、好！这花田本来就属于你们。"独腿爷爷抚摸着残腿，笑了。

我们马上分成两队。男孩子们在花田打滚、摔跤、翻筋斗，女孩子们采草籽花、做花环、扮新娘。

我将一只花环戴在头上，一只套在脖子上，问小芳："我美不美？"

小芳先是一愣，然后脸一红，大声地说："美！你最美！"

我突然想起，前几天，我和小芳吵过架，已经互不理睬了。啊呀，草籽花让我忘记这件事了，那就和好吧。

小芳头上的草籽花环散开了。她总是做不好花环，以前老是叫我做。我将自己头上的花环摘下，给她戴上。

现在，她就是最美的新娘了。我们拉着手，咻咻地笑了。

独腿爷爷坐在池塘边，一边看看牛，一边看看我们，一直笑着。

"爷爷、爷爷。"一个男孩过去拉他，要独腿爷爷当他们的裁判。

独腿爷爷像草籽花田的守护人，只要不下雨，几乎每一天都在那里。来得比我们早，去得比我们晚。

有一天，我们来到草籽花田，玩了半天，也不见独腿爷爷的身影。这是他第一次缺席。

回到家，妈妈说："你们的独腿爷爷死了。"

我和妹妹跑到那间破败的小屋。独腿爷爷早已不知去向。大人们出出进进，整理着东西。我听到有人说，独腿爷爷活着时，谁都不知道他是一位大英雄。

第二年清明，我们在烈士陵园祭扫。我看到一座新的墓碑旁，有一簇紫色的小花，不由得睁大了眼睛：啊，是草籽花！

我朝着墓碑鞠躬。

爷爷，是您吗？

染上玫瑰色的李花

∨
∨
∨

花名：李花

科属：蔷薇科李属

花语：纯洁

花期：3 月

特点：落叶小乔木。白花，花蕊为浅黄色，花朵小而繁茂。

家门口来了一位乞丐，五六十岁模样，浑身脏兮兮的。屋里的女人看到了，盛了一大碗米饭出来。乞丐突然倒在地上，不省人事。

女人吓了一跳，叫来男人，将乞丐抬到屋的后半间——那是男人父亲生前的卧室。他们请来了村里的郎中。郎中说："没大碍，是饿的。"

男人说："等他醒来，就让他走吧。"

女人熬了粥汤，一调羹一调羹舀进乞丐的嘴里。

乞丐醒了。女人问："你家在哪里？"

乞丐咿咿呀呀，用手比画一会儿，又闭上眼睛，睡着了。原来是个哑巴，好像脑袋也不灵。夫妻俩你瞅瞅我，我看看你，谁也下不了决心，将哑巴赶出门外。

哑巴却像回到了自己的家，也不认生，吃了睡，睡了吃。这样过了一个多月，哑巴像换了一个人，白了胖了。男人贴出领人启示，从镇里贴到附近各个村庄。过了许多日子，却没人来认领。

男人说："怎么办？"

女人说："有什么办法？总不能将他赶走吧，算认了一个爹。"

夫妻俩上山，修剪李子树。男人用锯子锯，女人用剪子剪。三年前，他俩贷款承包了这座荒山，种上了优质品种的李子，指望卖李子还债。但李子又酸又涩又小，非但没赚钱，还亏了本。砍掉，又舍不得，毕竟投入了心血和钱。

女人叹着气，说："如果明年还是这样，就砍了吧。"

不知什么时候，哑巴来到了他们的面前，好像对李子树发生了极大的兴趣，摸摸这棵枝条，看看那棵树根。

男人苦笑着说："还是他好，又傻又哑，没有烦恼。"

哑巴走过来，指着男人在锯的枝条，边摇头，边咿咿呀呀。然后，他又指指旁边的一个个枝条，做出锯的动作。

女人说："他是不是也想锯枝条？"

男人说："锯子是能玩的吗？不能让他碰，危险。"

接下来的日子，天一直下着雨，又冷，风又大。哑巴却像一个贪玩的孩子，除了吃饭，整天不知在哪里游荡，连衣服也破了好几件。

女人给他换上新衣服，像对孩子那样叮嘱道："要是家里待着闷，就到家门口走走，别跑得太远。"

到了早春时节，男人女人上山施肥，看到李子树，他们大吃一惊。原本繁茂的树枝，现在每棵仅剩下五六个分枝。走遍整个山头，都是这般模样。枝条会开花会结果的呀，照此一算，岂不是损失了一半的李子。两人心疼得流泪。

他们搜肠刮肚，也想不出是谁在破坏。要将满山的李树修剪成这番模样，可是一项大工程呀，该是多累人的活。

他们几乎同时想到了哑巴。除了他，还会是谁！他一定是偷了家里的锯子，到山上来玩的。以后，不知会出什么乱子呢。他们商量好了，这次，一定要将哑巴赶走。

回到家，女人冲着哑巴第一次发了火："这是你能玩的吗？李子不结果了，你叫我们怎么办？"说完，竟哭了起来。

哑巴好像听懂了，他使劲摇着头，用手拍拍自己的胸口，又竖起一只大拇指，好像在为自己辩解。

男人说："吃了晚饭，你走吧。"

晚饭后，哑巴对着两个人，又摇了摇头，拍了拍胸，然后，慢慢地走了出去。

女人望着屋外，说："他好像想说明什么，看起来并不傻。"

家，一下子变得又空又冷。外面下起了大雨。女人跺跺脚，对男人说："去追呀，这样的天气，你叫他往哪里去？"

男人跨出门，看到哑巴蹲在他家的窗石边缩成一团，男人一把将哑巴拉进了屋。之后，哑巴还是经常往山上跑。夫妻俩也没办法，总不能用绳子绑住他。再说，山上的李树已经被他折腾成这样，已无所谓了。

春天，李花开了。枝上的花比往年少了一半，但花朵却出奇地大。微凉的初春，阳光一照，就有了暖意。阳光在薄如蝉翼的李花上，镶上了一层金边，涂上了一抹绯红。

男人像发现了新大陆，惊喜地喊："快看，李花染上了红色和黄色！"

"哎，那不是玫瑰色吗?!"女人也大为惊奇。

更令他们惊喜的是，这个夏天，李子长得又大又好，外皮青中带红，果肉黄里透红，微酸、脆甜，成为方圆几十里最好的李子。

头茬李子刚成熟，就被抢购一空。尚未成熟的李子，也被预订完了。农技人员闻讯前来调查，说："最主要的是管理好，这剪枝不但水平高，还十分用心，花前、花中、花落就剪了三次，花开时，应该还做了异花授粉。这些都是你们管理的吧?"

夫妻俩面面相觑，异口同声地说："是咱爹。"

小娜的妈妈向我妈妈讲完这则故事的时候，我插嘴："那个老人我认识吗?"

妈妈说："就是小娜的爷爷呀。"

哎呀，怪不得人们种了果树，都来请教小娜的爷爷呢。

妈妈将一枝李花插在花瓶中。那是小娜的妈妈刚送来的。我仔细瞧了瞧，还真发现白李花上还有其他美丽的色彩。妈妈说，现在呀，十里八乡的李花都染上了这种玫瑰色。

迟开的迎春花

∨
∨
∨

花名：迎春花

科属：木樨科素馨属

花语：相爱到永远、顽强、怀念

花期：2—4 月

特点：落叶灌木。花先于叶开放，有清香，金黄色，外染红晕。小枝细长直立或拱形下垂，呈纷披状。

迎春的姑姑没有孩子，要接迎春去上海做她的女儿。这一消息像夜幕下燃放的烟花，在整个村庄和学校，绽放成美丽的童话。人们既羡慕，又惊讶。

好多人私下议论，上海人不知怎么想的，兄弟家的三个孩子，怎么偏偏就相中了一个阿木头？

阿木头是人们对动作迟缓的人的俗称。所有人都以快为荣，以慢为耻。而迎春最大的缺点就是慢，说话、写字、跑步、劳动，干什么都比别人慢：字总是一笔一画地写，还要写出笔锋；解一道数学题，除了搞明白这样做的道理，还常常来个举一反三；学习生字除了将含义弄得清清楚楚外，还要与字形相同的字仔细比对。真是慢上加慢。

迎春没有好朋友，没人与她一起上学、放学和游戏。谁愿意人家把自己跟一个阿木头联系起来呢？

有一次，语文老师叫我们说一个贬义词，一位同学回答："慢。"

我说："'慢'不是贬义词。"

老师说："'慢'是中性词，但大多数时候，用于贬义。"

这时，同学们的眼睛都朝向迎春。迎春低下了头。

同班的蔷薇与迎春正好相反，快手，快脚，快口，人称"三快"。每位老师都喜欢她。老师将迎春和蔷薇排在同一桌，希望迎春向蔷薇学习。可是，迎春还是我行我素，谁也拿她没有办法。

明天迎春就要到上海去了。平日里默默无闻的迎春，第一次成了主角。老师们都对迎春说，今天不用做作业了。要知道，平日下课时，迎春常埋头做着课堂上来不及完成的练习、作业，课代表还在一旁催促。现在下课了，迎春的课桌边围了好多人。她有些忸怩不安，对我说："我来替你削支铅笔吧。"迎春曾经借过我一支铅笔，归还时，她问我："你的铅笔怎么削得像老鼠咬过一样？"削铅笔还有什么讲究？许多同学的铅笔都削成这样，只要能写字就行。

此刻，迎春拿着我的铅笔，用尺从铅笔下端向上量出2厘米，用削笔刀在那里划出一圈浅浅的标记线，左手食指抵住笔头，右手拇指按着刀背，从标记线开始慢慢往下推，把外面的一层塑料膜涂层削掉，然后削去一层木头，顺着露出的一段笔芯，缓缓地转动。笔被削得像机器磨过般光滑圆润，笔尖尖细、润滑。最后，她在塑料膜涂层处削出一个花瓣，像一朵迎春花。

哇！我们看得惊呆了。

下一节是书法课。书法老师示范了几个字的写法，布置写两页毛笔字。下课铃声响了，大多数同学写好了。迎春仍趴在桌上，一笔一画地写着。她说："这两页写好，正好写满一本。"老师走下来，在迎春的大字簿上，画了好多红圈圈，然后举起来，大声地说："如果每一位同学都像迎春一样认真，还有什么字不能写好，什么功课不能学好？"

迎春的脸一红，轻轻地说："老师，又是我最慢了。"

吃过晚饭，我到迎春家去向她告别。路边的蔷薇花，开得十分闹猛。咦，蔷薇花应在春末夏初开放，4月里怎么就急着开放了？倒是本该在早春时节绽放的迎春花，倚着迎春家的青墙，丝毫不见动静。好多过路人自言自语着："怎么开得那么慢？怕是不会开了。"

"凡事要记着快，别因为慢，被送回来。"迎春的妈妈看到我进来，停止了说话。迎春正细细整理着东西。一只搁在桌上的帆布箱打开着，里面的衣服叠得像刀切般齐整，旁边是叠得整整齐齐的作业本、试卷。我拿起一本作业本，翻开，里面的字像书法字那样漂亮。

我陪着迎春到河边洗碗。迎春洗好一块石板，将一只只碗轻柔地拿出来铺开，然后用洗碗巾徐徐洗碗内、碗外，最后在水里过一遍，将碗依从小到大的顺序，仔细放进篮子里倒扣。我想起自己平时洗碗，难免磕磕碰碰，弄得碗边净是豁口，突然有些汗颜。

"事情做不好，快有什么用呢?"迎春像是知道我在想什么，突然说了这样一句。

半个月后，我经过凤房间门时，看见迎春的妈妈站在青墙边，举着一封信，对邻居们说："迎春她姑来信了，夸我们家迎春做事认真细致，是个难得的好姑娘呢!"

我抬头看去，青墙上的迎春花，不知什么时候已经开了，一串串金色的小花垂挂着，像一只只小喇叭报告着迟来的春天的消息。

一位婆婆叫芦花

❯
❯
❯

花名：芦花

科属：禾本科芦苇属

花语：坚韧

花期：8—12 月

特点：多年水生或湿生的高大禾草。雌雄同株，花型大，呈穗状，圆锥花序，毛茸茸，白绿色或褐色。

"婆婆，喏。"放学回来，我径直走进芦花婆婆的家，从衣袋里掏出一把粉笔头。

"哦，那么多！先放凳上，"正在桌上忙乎着做麻糍的芦花婆婆，用粘满松花（即马尾松的花粉）的手递给我一块黄灿灿的麻糍说，"你的腿真长，正赶上吃麻糍，我多做几块，带去给你奶奶，清明上坟不用再做了。"

温热的麻糍又糯又软，我一连吃了两块。我边用舌头舔着粘在唇边的松花，边说："谢谢阿根婆婆。"

"忘了怎么叫我？"她故意拉下脸，装作生气样。

"阿……芦花婆婆。"我改口道。以前叫惯了"阿根婆婆"，现在突然改称"芦花婆婆"，实在拗口。又想起奶奶说过，不能当着长辈的面叫其名字，这样称呼，心有点虚。

"哎，真乖。"芦花婆婆的眼睛变成了两弯月亮。

就在一个月前，一个来自香港的男人到村里来找他失联多年的姑姑——从王家村嫁过来的王芦花。据说，他从王家村出发，一村挨着一村寻找着。走过好多村，问了好多人，都使他失望。来到我们村后，人们或者说不知道，或者说村没有这个人。村里最年长的阿毛太公问："她是谁家的？"香港人说："我离开时姑姑还未嫁人。"有人建议查家谱，阿毛太公笑了："哪个嫁进来的女子入了家谱？"村里五百多户人家，不可能挨家挨户问个遍。香港人走后，小伙子阿力回家向他娘讲起了这件事。他娘愣了一下，接着狠拍一下大腿，突然放声大哭："儿子啊，我就是王芦花呀！"等他们奔到村口，香港人像云一般飘得无影无踪，也没有留下任何信息。他可是王芦花娘家唯一的亲人哪。王芦花不吃不睡，不声不响，病了一场。

其实，这也怪不得别人和阿力。奶奶说："我与阿根嫂最要好，以前只晓得她的娘家在王家村，不晓得她叫芦花。"在我们村里，与芦花、奶奶同辈的女人，仿佛从来没有过自己的姓名，人们无须知道，也没有机会称呼其名。只有一位多年前去世的、医术高明的女郎中例外，四邻八方的人们都称她为"陆先生"。其余的都像芦花婆婆一样，丈夫阿根唤她"孩子他娘"，别人称她"阿根家的"，或者"阿根嫂""阿根婶""阿根婆婆""阿力娘"等。

这件事发生后，王芦花变了。人家再叫她"阿根家的"时，她指着一只狗，或者一只篮，淡淡地说："它也是阿根家的。"人家叫她"阿根婶""阿根嫂"时，她一字一句告诉人家："我叫王、芦、花。"渐渐地，她成了村子里唯一有名字的老婆婆。

清明上坟那天，认得几个字的芦花婆婆盯着墓碑上的字，轻轻地念着。她知道，墓碑上写的墓主，死人是黑字，活人是红字。她点着红色的"王氏"两个字，对儿子说："墓碑得重做。没写上'王芦花'三个字，我死后就不想葬在这里。"

阿力哭笑不得："我的娘哟，爹都死了十多年了，重做墓碑多晦气。"

芦花婆婆要儿子重做墓碑的消息，像投下了一枚炸弹，整个村子都沸腾了。阿力托我的奶奶上门劝劝他娘，别那么较真。

奶奶领着我到芦花婆婆家里去。她家黑漆漆的木板门上，不知什么时候写上了五个大大的红粉笔字："王芦花之家"。歪歪扭扭的字，却很有力。字下面，有一枝用白粉笔画的芦苇，像一棵笔直的树。

奶奶进去，"呸"了一声，对芦花婆婆说："人老了，名字也越发金贵了？"

"我的名字贱。我落地那一天，屋前的芦花开得正旺，满天飘。阿爹就给我起名芦花，他说女孩子的名字只要唤得应就行。"芦花婆婆说。

"一把年纪了，争个名字有啥用，哪个女人一辈子不是这样过？"

"阿根年纪轻轻就得痨病，我一个女人家，起早摸黑，种田、割稻、养猪、做席、造房，哪一样比男人弱？要是连名字也不配有的话，这世道公平吗？做人还有什么意思？"芦花婆婆嗓门儿大了起来。

奶奶不吭声了。

回去的路上，奶奶轻轻地问我："你会记得我的名字吧？"

我问："奶奶，你叫什么名字？"

后来，许多次，我在村口碰到芦花婆婆，她笔直地站在那里，望着通往外面世界的那条机耕路出神。一次，我问她："芦花婆婆，你在等谁？"她叹了一口气，喃喃地说："我就随便看看。"

后来，村子里突然多了桂花婆婆、莲花婆婆、梅花婆婆、兰花婆婆……

婚礼上的丁香花

花名：丁香花

科属：木樨科丁香属

花语：纯洁、初恋、谦逊、光辉、幽怨

花期：5—6 月

特点：落叶灌木或小乔木。圆锥花序，近球形或长圆形。花朵纤弱，花筒稍长，花色淡雅、芳香。花白色、紫色、紫红，以及蓝紫色，以白色和紫色居多。

我和小军跟着新娘英姑，从外面缓缓进入大礼堂。英姑的爸爸挽着英姑的胳膊，边走，边轻轻地问："你妈会高兴起来吗？"

"爸，你放心吧，包在我身上。"英姑说。

我不由得想起几天前彩排中发生的事。司仪先指导我和小军，我俩一遍就过了关。作为花童，我们只需在后面拉着新娘的婚纱，跟着新娘的步伐就行。司仪向英姑的爸爸示范了好几遍，告诉他如何将新娘交给新郎。可英姑的爸爸就是做不好。

旁边的英姑的妈妈走上前，一把推开英姑的爸爸，挽住英姑的胳膊,对司仪说:"他笨,让我来吧。"

"这个程序只能由新娘的爸爸来完成。"司仪摇摇头。

"那我俩一人一边,总行了吧?"英姑的妈妈问。

司仪又摇头。

"妈,听司仪安排吧,照程序来。"

"程序是死的,人是活的。"

"这是西式婚礼的程序。"

"什么程序不程序,我就知道总有一天……你会嫌我不是你亲生的妈,既然我是多余的,那我走好了。"英姑的妈妈气冲冲地走了出去。

"爸,这是怎么回事?快说清楚呀。"英姑一下子坐在地上。妈妈的话仿佛像一枚炸弹,将英姑炸晕了。

新郎和司仪也像木头人一样,面面相觑。英姑的爸爸挥挥手,示意我和小军赶快回去。

妈妈听说后,说:"哎,这二十多年来,她总提心吊胆,怕英姑知道真相,千防万防,最后倒是自己亲口说了出来。"

"知道也好,少了个心结。"爹爹说。

"英姑出生不久,亲妈得病死了。现在英姑的妈妈在英姑三岁时,将英姑从河中救上来,自己流了产,落下不会生育的毛病。她对英姑好得呀,连许多亲娘也比不上。"妈妈感叹道。

这是村里举办的第一场西式婚礼。来看热闹的人差点挤破大礼堂的门,尤其是姑娘们,站在通道两旁,眼睛一眨也不眨。那条铺着红地毯通向舞台的通道,两边"种"着白色的鲜花,中间有一个圆形的拱门,垂着紫色的鲜花。那些鲜花,一团团,一簇簇，美得让人睁不开眼。

两旁的姑娘叽叽喳喳地说个不停——

"这是什么花呀，又香又美？"

"我做梦也想要这样的婚礼。"

…………

我们走到圆形的拱门下，新郎捧着一束蓝紫和白色混合的鲜花，献给英姑。英姑的爸爸将英姑的手放到新郎的手中，转身向后面走去。台下英姑的妈妈，出神地望着英姑，好像很紧张。

新郎挽起英姑的胳膊，继续向前，踏上舞台。新娘将手捧花交给我。手捧花上的白花、紫花其实是同一种花，每一朵花有四个小花瓣。要是我家的院子里种上这样香而美的花就好了。

司仪宣布："现在，请新娘的父母——蒋方杰先生和丁香女士上台。"

英姑的妈妈像怯了场，坐在桌边，不动。同桌的人推她上了台。人们将眼光投向了英姑的妈妈。英姑的妈妈今天穿着淡黄色的旗袍，胸前绣着一簇像星星般闪亮的深黄色的花朵。许多人说："哇，新娘的妈妈实在美！"

英姑紧紧地抱住她的妈妈，从我手中接过手捧花，高高举起，大声地说："今天婚礼上所有的鲜花，和我的妈妈有着同样美丽的名字——丁香。我爱丁香花，我更爱我的妈妈！"

新郎拉着英姑的手，说："妈妈，今后我也会像英姑那样爱您。"

呜——英姑的妈妈突然哭了起来。英姑轻轻地说，说："妈，哭花了脸可不好看了。"

司仪请英姑的妈妈讲几句。英姑的妈妈边抹着眼泪，边说："英姑这孩子，到底演的是哪一出？婚礼上可没有这个程序呀。"

说完，英姑的妈妈逃也似的离开了舞台。脸上泛起了两个酒窝，像盛开着的两朵丁香花。

台上的人笑了，台下的人也笑了。

我闻到了越来越浓郁的花香。

后来，我向英姑要了丁香花籽，种在自家的院子里。

兔粪与茉莉花香

∨
∨
∨

花名：茉莉花

科属：木樨科素馨属

花语：忠贞、尊敬、清纯、贞洁、质朴

花期：5—8 月

特点：直立或攀缘灌木。聚伞花序顶生；苞片微小，锥形；花萼无毛或疏被短柔毛，裂片线形；花冠白色，裂片长圆形至近圆形，表面微皱，极芳香。

下午放学后，班干部留下来起兔粪。上午的语文课上，周老师下了命令。

厕所旁的屋子里，养着上百只白兔。每个人经过那里，总要屏住呼吸，捂住嘴巴。

白兔是学校的宝贝。周老师说，同学们的写字本、练习册，阅览室的图书，以及体育器材，一部分是用兔毛换来的。每逢节日，每个老师还能分到一只兔子。我在心里补充道。

养兔的分工很明确，高年级同学割草、剪毛，低年级同学打扫卫生。这是女孩所在的班级第一次接受这项任务。

吃午饭时，女孩似乎提前闻到了兔粪的气味，恶心得吃不下饭。她想，如果我现在得病，该有多好。

妈妈说："打扫回来，抹一点茉莉花香吧。"

那可是她梦寐以求的事。妈妈的抽屉里，有一只圆形的香水瓶，茉莉花形的盖子，淡黄色的液体。旋开盖子，茉莉花香马上弥漫开来，像一大丛茉莉花在眼前绽放一般。女孩想再闻时，妈妈说，多闻了，香气会逃走。

要是抹上茉莉花香，不知有多香？女孩难以想象。

女孩拎着两只土箕，一步一挪，靠近兔屋。兔子已被转移出去了。一阵阵浓烈的酸臭味，铺天盖地朝女孩袭来。女孩憋着气，逃到厕所里，呕吐起来。

一会儿，女孩咬着牙，和其他班干部一起又进了兔屋。

花生米大小、深褐色的兔粪，像烂葡萄般铺满了屋里的各个角落。女孩穿着凉鞋的双脚陷在污秽里，热烘烘地奇痒。她双手捧起兔粪，放入土箕中。越往下捧，粪尿越是粘连得紧，恶臭越是强烈。她被熏得晕乎乎时，突然想到了茉莉花香，两种气味像在不断打架。

一只土箕装满后，马上会有同学将它拎到学校后面的空地上，不久，它将被运到各处肥田。女孩的土箕不知被拎出去了多少次。

不知过了多久，女孩终于跳进了她家附近的小河。水面上，立刻浮起了黏糊糊的污秽。几条鱼儿一跃而起。一定是被臭味吓得逃走了。

　　她泡在水中，搓呀揉呀，直到皮肤通红发白。

　　夕阳像一只红气球，不知被谁缓缓牵进山的怀抱。一团洁白的云，在晚霞中飘来飘去，飘成了一朵茉莉花。

　　女孩闭上眼睛。明天要换上那条绣着白兔子、红气球的蓝裙子，最重要的是，她的全身会散发着扑鼻的茉莉花香。老师和同学们一定会露出惊奇的神情，并四下寻找：咦，哪来的茉莉花香？

　　她的脑海里同时浮现出一片茉莉花田，她看见有人将兔粪运到那里，整片花田同时开出了洁白清香的茉莉花。

带刺的月季花

花名：月季花

科属：蔷薇科蔷薇属

花语：等待希望、幸福、光荣、美艳长新

花期：4—10月

特点：常绿、半常绿低矮灌木。花朵单生、簇生或聚生；花瓣有重瓣、单瓣等；花型有杯状、球状、盘状高芯等。色彩艳丽、丰富，有单色和复色；香味有浓香、中香、淡香或无香。品种异常繁多。

月季花丛边，女孩发现花花身边多了三只小东西，长得跟花花一个模样，伏在花花的肚子边，啊啊咿咿地吃着奶。

花花是一只猫，黄色的皮毛，黑色的花斑，像一只小老虎。花花来到我家后，周围邻居家的老鼠也逃得精光。妈妈当宝贝似的宠它。花花的肚子大了，妈妈经常叫邻居家的小军钓鱼喂它。

"哎呀，还有一只呢？"妈妈将花花抱起来，尖叫。

"一、二、三，只有三只呀。"我盯着小猫，数了又数。

"昨天半夜，明明生了四只。"妈妈说。

我在院子里四下寻找，将藤藤蔓蔓也扒拉开来。

妈妈说："别找了，小杂种还闭着眼，不会爬走。"

对面奶奶家的门紧关着，一推，里面上了门闩。屋里飘出一种陌生的气味，有点香，有点酸，怪极了。

我又喊又叫，门终于开了。奶奶系着围裙，拿着佛珠，念念有词："不生不灭、不垢不净、不增不减……"

奶奶念经，很有讲究。念之前，必要梳头、洗脸、洗手，换上干净的衣服，端坐在桌前。念一段，用竹签蘸着红印泥，在黄纸上点一下，黄纸上就开出一朵红梅。今天，奶奶怎么系着围裙，没换衣服呀？

灶膛里，发出明黄的光，呼呼地响着。灶上的铁锅，冒着白雾。整间屋子都是那种气味。

奶奶正要阻挡，我已掀开了锅盖。半锅的水，正欢腾着，绽开一朵朵水花。一撮淡黄的毛，在水花上浮浮沉沉。

奶奶瞟一眼锅，又瞟一眼我，一声不响。奶奶在念经时，一般不说话。

回到家，我将这一切告诉了妈妈。妈妈一声不吭走了出去。

爹爹绷着脸，走进院子，抢起一只铁拳，挥向妈妈。

妈妈倒在月季花上，好久才起来。妈妈的脸，被花刺划了个口子，渗出了血。妈妈的哭声，和小猫大猫的叫声，在院子里回荡。

女孩哭着，逃到奶奶家。

奶奶叹了一口气，问："你乱说过什么话？"

女孩摇摇头，说："爹爹打妈妈。"

奶奶又叹了口气，说："动什么手，我受点委屈算什么？"

过了一段时日，表姐来了。见到我，表姐来不及将盛着瓦甑的小竹篮还给奶奶，就和我玩起猫捉老鼠的游戏。

阳光下，表姐的脸红通通的，喉咙也没有发出往常像花花呼吸那样的声音。

前几天，生病休学一年的表姐，终于背起书包，重新回到了学校。

爹爹出来了，问表姐："你的身体真的好了？"

"我妈说，外婆熬的药就是灵光。"

花花喵喵叫着，跳进篮子，凑近瓦甑，闻了又闻，像是在寻找什么。突然，砰的一声，瓦甑碎了。花花大叫一声，跑开了。

奶奶过来了，在月季花丛中捡着碎片。"哎哟——"突然，她叫出声来，摊开手，一枚花刺深深刺进了她的手指。

红莓花的召唤

花名：红莓花

科属：不详

花语：向往远方、勇敢追求

花期：四季

特点：草本植物。花色红艳，其余不详。

春天，油菜花一开，田野上像铺满了黄金。太阳一照，那黄金从天铺到地，又从地铺向天。从田野上走过，鞋子、裤管都带了碎金。

紫色的草籽花，夹在其间，星星点点。摘上一大捧，串起来，做成手链、花环，手腕、脖子、头上，爱戴哪里，就戴哪里。

村子外边，是粉色的海洋，那是桃花的领地。你若经过，路两边的桃花瓣，像迎接新娘一般，纷纷扬扬往你的身上撒。

带着露珠的白梨花，在一旁静静地开着。看看桃花，望望梨花，竟分不清到底谁更美。那些蝴蝶、蜜蜂，兴奋得乱舞，像会飞舞的花瓣。

　　妈妈将我从花丛中捉出来，像捉一只蝴蝶。我的身上粘满了五颜六色的花瓣，舍不得抖掉。妈妈在花绷上蒙了一块描花的白布，给我一枚穿了丝线的针，拉着我来到英姑家，继续学绣花。

　　"家家织席，户户刺绣。"妈妈说，织席得有力气，再过几年学不迟，刺绣却得趁早，等上了学拿过笔再学，手就硬了。英姑5岁就跟她的奶奶学描花和刺绣，她绣的花，跟真花一样美。姑娘们出嫁，都想请她绣一对花枕头，出出风头。英姑不好意思推辞，常常日夜飞针走线。

　　"阿波，你学会了绣花，以后就能帮我的忙了。"不久前，当妈妈向英姑提出，让我跟她学绣花时，英姑爽快地答应了。

　　如果我能给新娘子绣花枕头，那是多风光的事呀。我一定要绣得跟英姑一样，让人家赞美。上次阿海叔叔结婚时，道地上摆满了新娘子的嫁妆，人们都围过来看，像是开展销会。一位阿婆指着一对枕头，大声说："这朵梅花造型不错，只是绣得粗糙呆板。"一位婶婶说："是哩，如果是新娘子绣的，以后得叫她跟英姑学学。"阿海母亲正好路过，脸色一下子暗了下来。

　　此刻，英姑两眼望着窗外，对妈妈说："嫂子，你见过红莓花吗？"

　　妈妈说："没有。"

　　英姑说："我也没见过，我想去看看。"说完，她轻轻哼唱起来："田野小河边，红莓花儿开……"

　　"那只是歌中唱唱的，红莓花到底有没有，美不美，谁知道呢？"

　　"我好几次梦见了，在很远的北方。"

英姑告诉妈妈，有一天，她正绞尽脑汁想描出新花样时，忽然听到外面传来一阵歌声："田野小河边，红莓花儿开……"一位来自北方的木匠，在道地上边干活，边唱歌。霎时，她被歌的旋律和歌词给震惊了。

红莓花的红，究竟是粉红、淡红、深红，还是暗红？在开着红莓花的地方，是望不到边的田野，还是一座座的大山？那里的人们怎样生活？她的问题，一个接着一个，越来越多。问题还没问完，木匠就走了。她知道，有些问题，其实木匠也无法回答。

"只为了梦中的那朵花，值得吗？你平时走得最远的，只是离家十五里的县城呀。"妈妈说。

"可是，我好想绣出那朵红莓花。"

英姑匆匆地走了。来不及等油菜花结成颗颗饱满的油菜籽，来不及等桃花长成水汪汪的水蜜桃，来不及等梨花结成晶莹剔透的梨子，更来不及向我们做个告别。妈妈说，英姑梦中的红莓花，比这一切更加诱人。

桃花谢了又开，开了又谢。村里的姑娘们一个接一个到外面去了，先是广州、深圳、珠海，后是塞班岛、毛里求斯、柬埔寨。当人们差点忘记英姑的时候，英姑回来了。

放学的路上，我几次到英姑家中去看英姑，她总是在外面忙着。英姑的妈妈害怕英姑再次像上次那样跑得无影无踪。有一次，我在她家总算遇见了她，好想问她有没有找到红莓花，却不好意思开口。英姑瘦了，却很精神。

英姑说一句"阿波，我要做一件让你们想不到的事"，又出去了。

一天早上，村子里噼里啪啦响起了热烈的鞭炮声。

"英姑办的厂，开业了。"妈妈说。

我跟着许多人涌向鞭炮声处。村东一处废弃的仓库，不知什么时候改造一新，门旁的牌子上写着：红莓绣品厂。在里面的绣品陈列室里，我看见绣品上许多熟悉的花，还看见一朵从未见过的、无比艳丽的花。

血红的杜鹃花

花名：杜鹃花

科属：杜鹃花科杜鹃花属

花语：永远属于你、节制欲望、爱的快乐、鸿运高照、奔放、清白、忠诚、思乡

花期：4—5 月

特点：落叶灌木。花芽卵球形，花朵簇生枝顶，阔漏斗形，上部裂片具深红色斑点。花玫瑰色、鲜红色或暗红色。

寂静的山谷里，突然响起了"姑恶——姑恶——"的叫声，像是鸟鸣，但印象中的鸟鸣没有这般凄厉、大声。环顾四周，不见鸟影。

悬坡的旁边，有一大丛杜鹃花，血一般红艳，阳光下分外耀眼。如果我多采些回去，兰儿看到了，一定会羡慕得要死。我伸长手，够不着，踮起脚尖，只采到小小的一枝。旁边的那枝，花朵挤成馒头的形状，一团又一团的，真让人喜欢。但看到下面陡峭的岩石，又怕一脚踩空跌下去。如果妹妹拉着我，借一下力，

我一定可以采到它。

　　我正想喊妹妹，才想起，妹妹不在这里，她已经不理我了。

　　刚才，我们到山上给祖先上坟。爹爹爬上坟头，握着柴刀清除野树、荆棘；妈妈拿着扫帚，在坟地周围扫地。

　　奶奶说，清明前后三天，先人的门是开着的。清明时节多雨，大人会挑天气稍好一点的时候上山。离清明节还有一个星期，我已经在扳着指头盼望了，还有几天可以上山采杜鹃花了。睡在坟墓里的爷爷、太公、太婆，请你们原谅，对于我来说，采杜鹃花比上坟更重要、更有趣。

　　每次一到山上，我就蹿上跳下（妈妈说我像放山野猪），采摘杜鹃花，回来时，爹爹将杜鹃花扎成两大捆，用锄头威风凛凛地挑着。当然啦，杜鹃花大多还是大人采的，如果杜鹃花少，多没面子，我是不肯回家的。一路上，许多女孩子将眼光贴在我的杜鹃花上，惊呼："那么多的杜鹃花！""多好看的杜鹃花！"我就欢喜得合不拢嘴。到了村里，杜鹃花更稀奇了。杜鹃花只有山上有，上一趟山，容易吗？

　　昨天中午，兰儿一家上坟回来，杜鹃花养了一荷花缸。粉的、紫的、水红的，好看得不得了。她给了我两枝水红的，说："要是颜色再红一点，就好了，这次没采到呢。"一朵杜鹃花掉在了地上，兰儿赶紧捡起来，放进嘴里嚼了起来，说："味道真好。"

　　我将杜鹃花养在一只盐水瓶中。透明的盐水瓶，水红的杜鹃花，互相映照，越看越美。妹妹说："姐姐，摘一朵吃吃好吗？"我数了一下，总共才十二朵花，就说："吃不得。"

　　谁知，等我外出一趟，瓶中已空，妹妹的嘴唇还沾着淡淡的花汁。我狠狠地推她一把，妹妹咚的一声，摔倒在地，大哭起来。妈妈闻声呼唤着妹妹的名字，从外面赶过来。趁这个当儿，我踢了她一脚，说："叫你偷吃我的花！"然后溜之大吉。

吃晚饭时，我见到妹妹的脑门上有半个鸡蛋大的肿块，涂着的白牙膏，结了块。妈妈说："你难道没看见妹妹摔倒了吗？也不扶一把？"

刚才，我其实已做好了挨打的准备。妹妹没告状，实在出乎我的意料。只是，平常非常黏我的妹妹，现在看见我，就远远地躲开了。此刻，不知她一个人在哪里玩？是不是也在摘杜鹃花？

血红的杜鹃花越来越多。"姑恶——姑恶——"鸟叫声也更频繁了。山谷里响起一阵又一阵的回声。

我突然联想到，这是不是传说中阿香变的杜鹃鸟？杜鹃花人人都爱，可是关于杜鹃鸟的传说却让人惊恐不已。

相传在一个兵荒马乱的年代，十岁的阿香与父母在逃难的路上失散了。她被一户人家收养当童养媳。这户人家的母亲是个恶婆婆，将阿香当牛马使唤，什么苦活、重活都让阿香去做，让阿香吃的却是最坏的东西。阿香如果做得不好，就要被恶婆婆打骂。小姑阿花比她母亲还要凶狠，明里暗里常常欺负阿香，将阿香当丫鬟使唤。每天，阿香除了完成恶婆婆分派给她的繁重的活儿，还要替阿花干分内活。可怜的阿香每天都要遭罪。

有一次，阿花和阿香上山砍柴，阿花将柴刀遗失了，回家对母亲说是阿香丢的，恶婆婆一把揪住阿香的头发，一顿毒打。

第二天，她俩又去山上摘桑叶。一块高大的岩石旁，有一株很大的桑树，长着好多又大又嫩的桑叶，下面是深不见底的悬崖。阿花叫阿香去采。阿香望了一眼，只觉头晕目眩。阿花催促道："死丫头，再不去，当心我踢死你！"阿香颤抖着爬上岩石。岩石很高，需要费很大力气。突然，阿香"哎呀"叫了起来，前一天被打过的腰部疼痛得厉害，她爬不动了。阿花一见，狠狠地踢了阿香一脚，阿香跌下了悬崖。

不久，悬崖下飞上一只鸟来，"姑恶——姑恶——"地叫个不停，叫得喉咙出血还不肯停歇。鲜血滴在山上，变成了杜鹃花。

一阵凉风吹来，我瑟瑟发抖。不知什么时候起，"姑恶——姑恶——"声好像变成了"波恶——波恶——"。我捧着血红的杜鹃花，边哭边跌跌撞撞往下面跑去。

"阿波——"

"姐姐——"

远处传来了妈妈和妹妹的呼喊声。我离祖先的坟已经很远了。我像箭一样朝呼喊声的源头飞去。

妹妹手里拿着一块麻糍，迎上来，递给我，说："姐姐，糯糯的、软软的，可好吃了。"

我将杜鹃花放在妹妹的怀中，说："喏，都给你。"

"那么红！"妹妹惊喜地叫起来，"姐姐，我能吃一朵吗？"

"你想吃多少就吃多少！"

野花的梦想

花名：野花（总称）

科属：不限

花语：坚强、无惧、幸福、美好

花期：四季

特点：乔木、灌木、藤类、草本不限。色彩缤纷，花姿各异。

小绿蹲在菜地边，说："多美的花呀！"

我和几个同学咯咯咯笑了起来，我说："那是野花。"

我们将拔下的野草，倒在菜地边的一块空地上，继续拔。

菜地里的庄稼，一畦畦、一垄垄，碧绿青翠，蓬蓬勃勃。讨厌的是，好多野草，一株株、一簇簇，使足了劲，与庄稼挤作一堆。

必须拔掉野草，否则，它会侵占空间，吸收养分，影响收成。这是这节劳动课老师给我们布置任务时说的话。我们来到学校后面的那块菜地里，一只只小手迅速拔起了野草。只有小绿，不动手，还欣赏着野花。

我问小绿："野花美在哪里？"

小绿说："美在鲜艳，有生命。"

他的话又惹来一阵笑。

我说："你是偷懒，才故意这样说吧？"

小绿低下头，起身，跑了出去。好一会儿，他拎来一铅桶水，放在堆野草的空地上，大声说："我拎水，大家洗手。"

说完，又跑开了。铅桶是我班的卫生工具。小绿从菜地跑到教室，再从教室跑到河边，然后再将水拎到菜地，比拔草可要累多了。

小绿是插班生，刚来不久。我们只知道，他出生在内蒙古，父母是知青，妈妈死了，爸爸将他送到了这里的外婆家。

第二天下午，上班队课。周老师在黑板上写下了五个字：野花的梦想。

班上一下子沸腾了起来。有位同学说："野花能有什么梦想？"我也不以为然，野花是野草开的，野花开不开，关我们什么事？野花再美，也是野花。突然，我有些担心，会不会周老师要批评小绿？我偷偷扫视了一下小绿，只见他盯着黑板，好像在思考什么深奥的问题。唉，这人不错，就是有点傻。

周老师环顾一下教室，问："关于这个话题，哪位同学有什么想说的？"

我们凝望着黑板，一片寂静。

周老师说："那么，就请小绿同学来说说吧。"

小绿站起来，大大方方地说："我给大家讲讲我以前生活的那个地方吧。

"我生活的那个地方，除了沙漠，就是盐碱地。"

（插话：什么叫沙漠？什么叫盐碱地？）

"沙漠是地面为沙子、干燥、无水、很难长植物的荒芜地；盐碱地是盐分很多、寸草难生、白茫茫地结着硬块的土地。

"沙漠和盐碱地，就像大海一样，无边无际。我曾乘着爸妈农场里的大卡车，跑了半天，也没有跑出沙漠地界，荒芜一片，没有一棵树，也很难见到一株草。"

（插话：这是真的吗？）

"千真万确。

"我8岁那年，有一天，妈妈捧着一棵绿色的植物回家。细细的茎，嫩嫩的叶，还有小小的花苞。那是她的一个朋友送给她的生日礼物。妈妈高兴地说：'这是一棵野草。'我对着它，又看又闻。这样嫩的野草我还是第一次看到。"

（插话：天哪。）

"妈妈将野草种在一个小花盆里，说：'再过几天，就会开出美丽的花儿了。'可是，两天后，妈妈在治沙时，却被沙漠吞没了。就在那一天，野草开出了一串一串粉红的花朵，美丽极了。爸爸将它种在妈妈的坟头，让它永远陪着妈妈。"

此刻，我们谁都没有插话。我突然理解了小绿劳动课上的表现。这世上真不公平呀，为什么有的地方野草丛生，有的地方荒凉一片？

周老师问："小绿，听说你在搞沙漠和盐碱地试验地？"

小绿羞涩地低下了头，轻轻地点了点。

一天，好奇心驱使我来到小绿外婆家的门口。小绿外婆家有一个很大的院子，院子的门开着。我走进去，发现靠墙处有两块特别显眼的地方，每一块像两张八仙桌那么大。一块全是沙子，另一块看起来是硬邦邦、白花花的一片。沙漠！盐碱地！我马上联想起小绿做过的介绍。那两块地，种着灯笼草、辣蓼草、折耳根、革命草、奶奶草等野草，每一种野草前都竖着一根小树枝，上面用线挂着一张硬纸片，纸片上写着草名和日期。这些野草，有认识的，也有不认识的。大多野草已经枯死，一半蔫头耷脑，也有一些像是刚种下不久。

小绿从外面进来了，拎着一只盛满了野草的篮子，看到我，先是一惊，然后伸了伸舌头，说："你看，这些野草都不能在沙漠和盐碱地成活。"

我说："你在寻找能在那里生长的野草吧？"

小绿点点头，说："我要将尽可能多的野草试种一遍，要是成活了，开了花，就将花籽寄到爸爸的农场去，让那里长满绿草，开遍鲜花。"

小绿的眼睛闪着亮晶晶的光芒。从这些光芒中，我仿佛看到了无边无际的花海。

悬着的菊花

花名：菊花

科属：菊科菊属

花语：缅怀、哀悼（白色）、热情奔放、喜庆（红色）、严肃苦难（黑色）、飞黄腾达、失恋（黄色）

花期：9—11 月

特点：多年生草本。头状花序，外围为舌状花，大小、形状变化很大，有平瓣、匙瓣等多种。

到了秋天，村子里，再也找不到比英婶家更美的地方了。

看哪，紫红色的菊花闹盈盈地爬在篱笆上，像爹爹喝酒的酒盏，又像妈妈衣服上的小花，风一吹，一晃一晃，像是向人招着手。院子里，满地都是菊花，高的矮的、大的小的、胖的瘦的，各自黄着、白着、粉着、红着、紫着。那些菊花，有的像春节才能吃到的汤圆，有的像紧握的小拳头，也有的像扎成一团的墨鱼须，有些须子一根根爬出了花团之外。

我像被钉子钉住似的，瞧瞧这一丛，看看那一簇。

"阿波，进来呀。"英婶系着围裙，穿着一件印有小雏菊的衣裳，打开了用麻绳系着的篱笆门。

英婶拿着剪刀，东挑西拣，很轻很慢地剪着菊花，好像怕剪疼花儿似的。剪了一把，她就将手中的菊花整齐地码在石凳上。英婶的发髻上，插着一朵橘红的小菊花，十分漂亮。

阿华哥吹着口哨，打着响指，从屋里出来。新衣服、新鞋子，打扮得比过年还要隆重。我指着他又油又亮的头发，学着大人的口气说："奶油包头锃光亮，苍蝇飞过打滑脱。"然后，假装自己要摔倒的样子。

英婶和阿华哥哈哈大笑起来。

英婶拿起一根丝带，将剪下的菊花细细扎成一束，对阿华哥说："要有礼貌，嘴巴要甜……"没等她说完，阿华哥一手抢过花束，一手抓起靠在墙边的自行车，一抬腿，吹着口哨，飞也似的离开了。

英婶用围裙擦一下眼角，自言自语道："他爹要是知道，不知该有多高兴啊。"

我没见过英婶的丈夫。听人说，她的丈夫死得有点尴尬。许多年前，生产队的一头牛丢了，全村十几个男人分头去山上寻找。天快黑时，人们看见那头牛系在悬崖边的一棵树上，英婶的丈夫却摔死在悬崖下面，手里还紧攥着几朵菊花。

村里向上级申报，要求给英婶一些补偿。调查的结论是，英婶的丈夫并非因公而死，不能补偿。人们替死的人和活的人可惜，都说，如果不去采花，就好了。

英婶没哭也没闹。人们发现，第二年，她家的院子里，栽上了好多菊花，后来，一年比一年多。那菊花开的时间长，到了下雪天，还在开。

就这样，英婶的家成了花园。谁家要是来了客人，一定会带客人参观英婶家的院子。后来，那些客人再带亲朋好友来参观。如果有人向英婶讨菊花，英婶会笑眯眯地剪下几朵相送。

英婶说："阿波，进屋来，我做了菊花糕，你来吃几块。"

屋里的墙上，一个酷似阿华哥的男人，冲着我们微笑着。他看见满院的菊花，肯定也满心欢喜吧？

菊花糕又香又甜。英婶说，那是菊花和蜂蜜的功劳，院子的角落里，有一个野蜂窝，野蜂喜欢这里的菊花，不肯飞走。英婶将剩下的几块，盛在盆子里，让我带回家。

傍晚，妈妈还盆子回来，一进家门，就播放新闻："知道吗？阿华第一次去女朋友家，被女朋友的父母扫地出门，还朝他吐唾沫，连说晦气晦气。"

爹爹说："怎会这样？"

妈妈神秘地说："问题就出在阿华带去了一束菊花。"

我插嘴道："那菊花可好看了。"

"那户人家说，菊花是送给死人的。"妈妈说。

"好像……也有一定的道理。"爹爹说。

那天晚上，我又来到英婶家的院子门口。篱笆上的菊花，默默地低着头。屋子里，隐隐约约传来英婶的叹息声。要是我长大一点就好了，可以嫁给阿华哥，每天与菊花相伴。

第二年，也是这个季节，一阵又一阵的爆竹声钻进我的耳膜。妹妹冲进屋，拉起我的手，边往外飞奔，边兴奋地说："新娘子快到了，去拦轿门!"原来，今天是阿华哥结婚的日子。听说，新娘子是城里的姑娘，有一次，她慕名来到英婶家的院子里，就像蜜蜂一样，再也不想离开了。

我、妹妹和小伙伴们用一根木棍挡在篱笆门外，英婶欢笑着撒出一把又一把的喜糖，又递给我一只大红包，说:"阿波，你和大家一起欢欢喜喜分红包哦。"我们撤了小木棍，一个穿洁白婚纱的新娘在伴娘的簇拥下，走进菊花盛开的院子。

没多久，英婶在村里租了块很大的地，种起了菊花，阿华夫妻在城里开起了花店，据说生意特别红火。

我始终不明白:菊花的含义在村里和城里怎么会不一样呢?长大后，我一定要到城里去看一看。

绣球花开的季节

∨
∨
∨

花名：绣球花

科属：绣球科绣球属

花语：希望、忠贞、永恒、美满、团聚

花期：6—8 月

特点：落叶灌木。伞房状聚伞花序，近球形；具短的总花梗；花密集，红色、绿色、蓝色、白色和紫色。花瓣长圆形。

狂风暴雨中，平日里那条温柔的溪水，此刻掀翻了天，卷起一个个漩涡，翻滚着、冲击着堤岸和溪中的岩石，像一匹匹野马，怒吼着向下游横冲直撞而去。

江南四季，最怕台风。台风往往导致山体滑坡，洪水泛滥，房屋冲毁，庄稼无收。台风期间，学校放假，工厂停工，水陆交通都得停下来。

女人正低头揉着面，突然，风夹着水汽，从外面灌进来，女人抬头，只见门砰的一声，又被重重地关上了。女孩不见了。女人知道，女孩一定又去放鹅了。

女孩每天都要带着鹅到屋前的那条溪中，看着鹅游水，嬉戏。刮风下雨，从不例外。否则，鹅会叫个不停。鹅可以在家里自由出入，屋里屋外到处是屎。

有一次，下大雨，一家人正吃着饭。大白鹅进了屋，围着饭桌，嘎嘎叫。吵什么？总要等人吃好饭。女人训大白鹅。

女孩放下碗筷，不声不响地领着鹅出了门。

丈夫说女人：别说了，孩子开心就好。

女人想起去年嫁过来时，丈夫说过，女儿没了亲妈，你对她格外用点心。只好忍住。

为了转移女孩的注意力，女人咬咬牙，买了一个昂贵、漂亮的布娃娃送给女孩。这可是许多女孩梦寐以求的娃娃，会哭，会笑，会唱，还会叫——妈妈，我饿了；妈妈，抱抱我……女人一转身，发现娃娃已进了垃圾桶。

女人快要崩溃了。丈夫说，那只大白鹅是女孩的母亲送的，女孩心中，任何玩具也比不上鹅。丈夫又说，只是委屈你了，这孩子嘴硬，不肯叫你。女人悄悄地擦去泪花，轻轻地说，没关系，叫不叫，我都是她现在的妈。

一天，女人的闺密来家里看她。闺密捧着一捧花，花朵由许多小花组成一个个花球，很漂亮。

绣球花！女人惊喜地说。

是五色梅，绣球花比五色梅更大更圆，现在还不是绣球花开的季节呢。闺密笑了。

绣球花这个花名，女人是从丈夫那里听说的。女人刚来这个家时，发现院子里有一丛灌木，没有叶子，枝条枯败，想把它掘掉。丈夫说，这是绣球花，能开出球状的花，可漂亮了，可是这几年没有开过。还有这种花？女人真想见一见。

女人的眼睛从五色梅转移到绣球花上。不知什么时候，绣球花的花枝已经泛青，并长出了叶子。女人的眼睛一亮。

嘎嘎嘎，大白鹅伸长脖子，朝闺密大叫。

闺密吓得躲在女人身后。女孩过来唤鹅。女人向女孩介绍：这位阿姨，是我最要好的朋友。

女孩低着头，默默地抱着鹅出了门。

啊呀，屎！闺密像踩到了地雷，尖叫起来。

女人淡淡一笑，脱下闺密的鞋刷净，再用扫把、拖把，将地面清理干净。

闺密说，你一向是个爱干净的人，亏你能在这个家过日子。

女人说，这孩子与鹅有很深的感情。

那女孩……你怎么办？闺密临走时问。

总有一天，会开花的。女人专注地望着绣球花。此后，女人对绣球花格外留心起来，不时地松松土，浇浇水。好几次，女人对着绣球花说，你可不要辜负我哦。

台风天放鹅，会不会有事？女人一个激灵，顾不得擦拭沾满面粉的手，跑出门去。

门外哪有女孩的身影！她急切地呼喊着女孩的名字，激流的怒吼吞没了她的声音。终于，她发现几百米外的溪中，有一个红点，若隐若现。正是女孩！

四下无人。女孩随时会被激流冲走。去找丈夫已来不及了。

女人边大声呼救，边向那个红点狂奔。激流一次次向女孩发起冲击，女孩惊恐地抱着岩石上的一棵小树，像一片浮萍，漂浮在水中。女人顾不得自己不识水性，跳下水去。

别怕，我来了！她冲女孩喊道。一个猛浪，把她打到了对岸。她抱住一块岩石，摸索着向女孩靠近。近了，远了，又近了……眼看着就要靠近女孩，又一次次被激流冲开了。

溪水又冷又急，女人的肚子开始隐隐作疼。女孩看到她，眼神燃起一粒火星。突然，那棵小树断了。女孩双手扑腾着，身旁的一个漩涡，边旋转边扩大，四周的水草被旋进后，瞬间不见踪影。女人使出全身的力气，赶在漩涡向女孩袭来前的刹那，扑上去，抱住女孩。怀中的女孩轻轻地说，鹅，我的大白鹅。

女人说，不要动，先别管鹅。

一截木头从上游冲下来，眼看着就冲到她俩面前，女人不知哪来的力气，飞快转身，就在此刻，她的背部受到重重一击。她向后倒去。

爸爸，醒了，醒了。女人听到一个脆脆的声音，带着惊喜。

她缓缓睁开眼睛，头部、双腿绑着绷带，动弹不得。四周一片洁白，一个红点在眼前闪烁。

丈夫和女孩正注视着她。女人想起了之前的事，对女孩说，对不起，没救上你的大白鹅。

女孩说，爸爸告诉我，我马上就要做姐姐了。

女人看着丈夫，不知如何回答。女孩走到床前，像第一次念生字那样，怯生生地叫：妈妈。

女人脱口而应，哎。

此刻，女孩的模样，像极了那只布娃娃。

女孩像变戏法那样，将一捧粉色、蓝色相间的花捧给女人，说，妈妈，你看这个花好看吗？家里的花开了。

那是怎样美丽的花呀，百花成朵，花朵如球。女人盯着花，又看又闻，笑着对丈夫和女孩说，现在，正是绣球花开的季节呢。

燃烧的鸡冠花

花名：鸡冠花

科属：苋科青葙属

花语：真挚的爱情

花期：7—10 月份

特点：一年或多年生草本、亚灌木或灌木。花两性，成顶生或腋生、密集或间断的穗状花序，总花梗有时扁化。多为红色，呈鸡冠状。

我本来以为，花儿都是大同小异的，薄薄的花瓣，圆圆的花朵，美美的花蕊，一揉就碎，娇弱得需要人们的爱护。直到有一天，我看到了一种似火焰般燃烧的花朵——鸡冠花，同时也听到了鸡冠花的故事，改变了我对花儿的看法。

鸡冠花是有来历的。

有一天晚上，新娘对新郎小喜说："我与你成亲好几天了，我现在想回家一趟，你能陪我去吗？"

新娘是小喜捡来的。前几天，小喜砍完柴，月亮已升到了半山腰。他匆匆回家。在后山的山脚下，遇到一位十七八岁的姑娘，坐在路边的石头上哭泣。

小喜上前，问："这么晚了，姑娘为什么一个人在这里？"

姑娘止住了哭，说："我给爹娘上完坟，迷了路。"

小喜说："姑娘家在哪里？我可以送你回家。"

姑娘说："我家离这里有十几里路，饿了，走不动了，你能否帮我，让我在你家宿一夜？"

小喜可怜她，答应了。

小喜的娘一见儿子带来了一位漂亮的姑娘，心里乐开了花。她正天天为小喜还没定亲的事发愁呢。而且，姑娘一口一声亲热地唤她"娘"，还主动告诉她，自己也是孤身一人，无依无靠。

小喜的娘瞅瞅小喜，笑着问姑娘："你愿意嫁给我家小喜吗？"

姑娘低下头，说："好的，娘。"

就这样，当晚，他俩成亲了。第二天一早，新娘起床，开门，只见一只大公鸡，闪动着火焰般的鸡冠，伸着脖子，颈毛倒竖，喔喔喔冲向新娘。新娘吓得失了色，忙躲到新郎的背后。

新郎笑了，说："一只公鸡有什么可怕的？"

那只公鸡像与新娘玩起了老鹰捉小鸡的游戏。小喜说："奇怪，我家的公鸡平常十分老实，今天却像只老鹰，一定是认生了。"

小喜见公鸡紧追不放，一边呵斥，一边驱赶。婆婆看见了，也来赶公鸡。公鸡的鸡冠，数次快要碰到新娘，新娘又躲又逃，十分害怕。小喜拿起棍子，朝公鸡打去。公鸡惨叫一声，一拐一拐，逃走了。

新娘病倒了。婆婆和小喜商量着给新娘抓药治病。新娘说："我只想喝一碗公鸡熬的汤。"

几天后的一个晚上，婆婆给媳妇去送饭，拉开门帘，看见一只大蜈蚣躺在床上，无数只脚蠕动着。婆婆吓得往外跑。小喜责怪娘老眼昏花，看错了，还乱讲。小喜与母亲分了家。母亲还是告诫小喜："晚上千万不要与你的媳妇单独出门。"

小喜觉得新娘回娘家的要求并不过分，于是，连夜和新娘赶路。月光似水，四周安静。他们来到了后山的岭上。小喜看到那块石头，想起与新娘相遇时的情景，不觉微微一笑。突然，新娘张开嘴巴，吐出一团冒着黑烟的火，朝他的脸上喷来。小喜一惊，晕了过去，摔倒在地。

新娘举起双手，正要伸向小喜。突然，新娘发出一声惨叫。一团血红的火焰，不知从哪里冒了出来，喔喔喔叫着，燃到新娘身上。新娘就地一滚，变成了一只大蜈蚣，迎了上来。它们一个啄，一个咬，不知斗了多少回合。蜈蚣被公鸡啄出了好几个洞，公鸡被蜈蚣咬得鲜血淋淋。

当天边的一角被朝霞染得绯红时，小喜醒了过来。他揉揉后脑勺，一时想不起自己为什么会躺在这里。当他看到倒在身边的蜈蚣和公鸡时，才渐渐明白过来。

他抱起公鸡，将血红的鸡冠贴在自己的脸上，轻声地说："谢谢你，救命恩人！"

小喜将公鸡埋在后山的山顶上，好让公鸡每天早晨看到第一缕霞光。埋公鸡的地方长出了一株花，像一个大鸡冠，也像燃烧着的一团火焰，人们叫它鸡冠花。鸡冠花的花瓣，又厚又坚，轻易揉不碎。鸡冠花仿佛有无穷的能量，有它的地方，蜈蚣就不敢靠近。

在奶奶的许多故事中，我觉得这个是比较恐怖的。听了这个故事，我明白了为什么我和妹妹到野地上去玩时，奶奶总会从院子里摘下鸡冠花，用别针别在我们的衣服上。有时候我想象着，只要自己够勇敢，也许也能成为一朵鸡冠花呢。

梅花的春天

花名：梅花

科属：蔷薇科李属

花语：坚强、忠贞、高雅

花期：1—3 月

特点：小乔木，稀灌木。花色艳，香味浓，先于叶开放。花单生或有时 2 朵同生于 1 芽内；花梗短，萼片卵形或近圆形，先端圆钝；花瓣倒卵形。品种繁多。

我经过春梅姑姑家的院子时，意外地发现，那棵老梅树竟然开花了。

我冲着院子里的屋子，兴奋地大喊："姑姑，姑姑，梅花开了！"

喊了半天，也没人出来应答。

春梅姑姑是爹爹的堂姐，二十岁那年，由父母做主，嫁给同村的木匠。在农村，手艺人最吃香，能管饱。收的彩礼，给春梅的哥哥娶了媳妇。向往到城里生活的春梅，又哭又闹，还跳过河，最后还是嫁给了木匠。

妈妈说，这棵梅树是春梅姑姑结婚不久，到城里买来种下的。当时，城里的公园正在处理一批植物。很多人争抢着买小草小花。春梅来到梅树前，挑了一棵拿得动的树苗。二十多年来，那棵梅树，长叶、落叶，循环往复，却从未开花。年年春天，春梅姑姑总是望着梅树，问它，到底什么时候才能开花？

木匠几次想把梅树掘掉，春梅姑姑不让，说："总有一天，它会开花的。"

木匠撇嘴，说："都成老树了，还能开花？"

爹爹说，村里的天地太小，埋没了你春梅姑姑。春梅姑姑的绰号叫巧梅花、俏梅花，缝衣、做鞋、绣花、烧菜、做点心，样样都是能手。小伙子找对象，总爱拿她做比较。妈妈对一位小伙子说："像春梅这样的人有几个？你就打光棍去吧。"我到春梅姑姑家去，她每次都从饼干箱里抓出一把炒番薯干、冻米胖糖或者炒年糕干给我吃。这些都是她做的点心，好吃得让人停不下来。有一段时间，我几乎天天到她家里去。

走进家门，看到春梅姑姑在我家里，木匠也在。他们红着脖子，黑着脸，好像在吵架。我没敢说梅花开了的事，赶紧溜到后半间做作业。我听到木匠的声音："都做婆婆的人了，一辈子也快过完了，还想折腾什么？"春梅姑姑说："如果一生不去折腾一下，死也不甘心。"

这样的话，我曾从春梅姑姑那里听到过几次。有一天，妈妈对春梅姑姑说："你还没放弃想出去闯的念头？"春梅姑姑说："做梦也想，不然，今生白活了。"

老师说过，"闯"的本义就是一匹马被困在门内，突然走了出去。春梅姑姑也像马一样，想出去吗？但我知道木匠不喜欢春梅姑姑闯出去。几年前，镇上的工厂像雨后的春笋，冒了出来。村里的好多女人成了工人。她们烫头发、戴耳环、穿裙子，打扮得跟城里人那样时髦，出个门，还涂口红、抹脂粉哩。

春梅姑姑想进厂，木匠死活不同意，理由是：工资不高，工时太长，工作有危险。一次，城里的一家绣花厂想请春梅去做师傅，工资出得也高。春梅姑姑开心地答应了，可木匠说："离家太远了，你走了，我和儿子怎么办？"春梅姑姑在我家哭了一顿，莫名其妙地说："刑期总会满的，春天总会到的。"

半年前，村里开了一家服装厂，老板不知从哪里打听到春梅姑姑的厨艺，出高薪聘请她为他和客人做中餐和晚餐。没客人时，只有老板一个人，工作量轻。而且，每一餐剩下的菜，都可以打包回家。这份工作，让许多人羡慕不已。连木匠也暗地里说："一人干活，全家白吃。"后来，老板还要春梅姑姑做早餐。

妈妈说："你的工资跟师傅一样高，老板对你安的什么心？"

春梅眼一瞪，像是受了委屈，说："我还负责客人的用餐，我替厂里节约了多少餐费呀。有些客人，吃了我做的菜和点心，常来吃，也带来了订单。"

有了钱，春梅姑姑没有戴金耳环，烫头发。她给儿子造了楼房。

"儿子成家了，我也想走了。"春梅姑姑的话，打断了我的胡思乱想。

木匠说："四十好几的人，离婚很光荣吗？新媳妇会怎么想？"

"这个春天，连梅花也开了。"春梅答非所问。

木匠骂骂咧咧地走了。

我出来，对春梅姑姑说："梅花开了，我也看见了。"

春梅姑姑望着窗外的天空，抚摸着我的头，说："阿波，我就要走了。"

我问："你闯到什么时候回来?"

她笑了笑，说："梅树在，我就在。"

几天后，春梅姑姑真的走了。那棵梅树，吐着红艳艳、闹盈盈的花，在蓝天的映衬下，格外美丽。

篱笆上的木槿花

花名：木槿花

科属：锦葵科木槿属

花语：坚韧、质朴、永恒、美丽

花期：7—10 月

特点：落叶灌木。花单生于枝端叶腋间，钟状花形，花瓣倒卵形，有单瓣、复瓣、重瓣，色彩有粉色、浅粉色、紫色和白色等。

　　一早，奶奶就催我去摘些洗头树叶。每年七夕，奶奶都要我们用洗头树叶洗头，说是可使头发乌黑发亮，梳理顺滑，不生头屑。

　　洗头树叫木槿树，是一种枝条柔软、有很多杈子的灌木。木槿树十分容易成活，随便折个枝条一插，便可发芽。它是编篱笆最好的材料，在我们这里，篱笆墙基本是用木槿树编的。

　　我来到离我家不远的兰儿家。她家有一道长长的木槿篱笆。

　　"阿波，进来，我给你洗个头。"兰儿奶奶的声音从院子里飘到翠绿的篱笆外。院子里的石凳上，兰儿的姐姐阿木用纱布包着木槿叶，浸在半面盆的清水中，使劲搓呀揉呀，黏黏的泡沫和叶浆从纱布里被一点点挤了出来。院子里飘逸着清洌的香味。

这时，院子外面来了好几个人，与兰儿奶奶打声招呼，就摘起树叶来。兰儿奶奶一边给兰儿梳理着湿漉漉的头发，一边对阿木说："把你搓好的洗头水拿过来，再搓一些给阿波的奶奶送去。"

我一听，开心极了。木槿树叶要搓出能洗头的泡沫和叶浆来，很费功夫。以往奶奶都差我搓。现在阿木全包了，我就可以和兰儿一起多玩一会了。

阿木应一声，拿起小竹篮，到篱笆墙去采木槿树叶了。

兰儿奶奶用那些泡沫和叶浆给我洗了头。满头的清香，真令人舒服。

我望着这道篱笆墙，心里升起一个疑问，便问有学问的兰儿奶奶："这么好的树叶，这么美的花儿，为什么没人去种，只做篱笆？"

兰儿奶奶说："我给你们讲一个木槿花的故事吧。"

很久很久以前，木槿花是一种名花，属于百花之列。每年春天，木槿花一开，人们喜欢将它插在花瓶中，美化居室。它被人们欣赏着、赞美着。无论是王公贵族，还是平民百姓，都喜欢美丽的木槿花。

有一年寒冬，武则天酒后兴起，带领众臣到御花园去赏花。到了御花园，武则天傻了眼：天寒地冻，植物枯败，毫无生机，不用说赏花，连赏叶都难。

一阵寒风吹来，武则天酒醒了大半。她开始后悔自己的贸然之举，但作为皇帝，在众臣面前必须说一不二。于是她拿起纸笔，写下了四句催花诗："明朝游上苑，火速报春知。花须连夜发，莫待晓风吹。"

百花仙子接到圣旨，怎敢违抗，只好忙着商量如何连夜齐放。百花仙子见木槿花一动不动，以为它没听到圣旨，正要传达，木槿花却说："我们百花是在春天才开放的呀。"

百花仙子劝它："就开这一次吧，免得被惩罚。"

木槿花说："凭什么一道圣旨就要我们违反花令，我偏偏不开。"

第二天，武则天和众臣来到了上林苑，但见满园春色，鲜花争奇斗艳，连寒气也退让了三分。众臣下跪，三呼"万岁圣明"，武则天龙颜大悦。她环顾四周，赏起花来。突然，她指着唯一的一棵枯树，拉下脸来，问太监："这是什么花？"

太监下跪，磕头如捣蒜，颤抖着答："启禀万岁，此乃木槿花。"

武则天咬着牙，下圣旨："木槿花违抗圣旨，今日起逐出百花行列，贬为贱花。"

话音刚落地，木槿花马上被连根掘起，当作垃圾，扔出皇宫。全国范围内，所有种在花园、花圃里的木槿花，都遭到了同样的命运。

郊外的一位农民，正在四处寻找扎篱笆的枝条。一见木槿枝条柔软轻盈，就用它的枝条插成了篱笆。第二年春天，木槿活了过来，枝上长满了青翠的树叶。夏秋之季，篱笆上开满数百朵的花，色彩艳丽，花瓣皱折卷曲，婀娜多姿。简直美翻了天。

故事刚讲完，给我奶奶送完木槿叶的阿木回来了。

"阿木姐姐，谢谢你。"我说。

阿木一笑，拿起扫帚，清扫院子。

我的眼光落在阿木身上。阿木患过小儿麻痹症，脑袋不是很灵光，读到小学五年级就辍学回家。但阿木做家务、干农活却一点也不含糊，手脚利索，动作细致。阿木不爱说话，也很老实，兰儿欺负她，她从不回手和告状。

这时，兰儿突然对我说："你知道吗？阿木的名字就叫木槿。"

原来，阿木还有一个这么好听的名字。

兰儿奶奶笑着说："阿木是我们家的花王哩。"

阿木捋了一下头发，眯眼笑了。我突然发现，阿木，不，木槿姐是那么美，就像一朵木槿花。

这里的桃花会结桃

花名：桃花

科属：蔷薇科李属

花语：收获爱情、美好祝福、珍惜美好

花期：3—4 月

特点：落叶乔木。花通常单生，先于叶开放，半重瓣为五个花瓣，有白、粉红、红等色，也有重瓣。

爸爸妈妈从镇车站接来了上海来的外婆。一路上，外婆拉长着脸，一句话也不说。到了家，外婆看见八仙桌上的那只插着桃花的白瓷瓶，才微微一笑。

瓷瓶圆肚，长颈，瓶身画有一枝桃花，花蕾欲放，桃叶青翠，枝上结着三只红扑扑的桃子。这是外婆送给妈妈的嫁妆，也是外婆家的传家宝。据说故宫里也收藏着一只一模一样的瓷瓶。

从我懂事起，瓷瓶中常年开着花，有时是向日葵、月季、栀子花，有时是鸡冠花、菊花、海棠花。妈妈说，她是在鲜花盛开的环境中长大的，无法想象没有鲜花的日子。但我知道，妈妈不是很喜欢那些花。

爸爸在院子里，种了好多花，梅花、海棠、月季、石榴、栀子……当院子里无花可采时，我和爸爸就四处采摘、讨要。有人常拿爸爸开玩笑：三天两头采花累不累？上海知青可是你乡下人能娶的？爸爸总是笑笑。

妈妈是村校的老师，一天到晚，除了在学校上课，回家就对着鲜花，在楼上批改作业、备课。田里的活，总是爸爸一个人做。爸爸说，你妈像一朵花，我们要保护好她。

有一天，我上楼时，看见妈妈捧着一封信流泪，妈妈一见我，赶快用手绢揩泪。妈妈出去后，我从她包里偷出信来看。是外婆的来信，骂妈妈没志气，不回上海，甘心做个乡下婆。

我害怕失去妈妈，把这一切告诉了爸爸。爸爸摸摸我的头说，放心吧，我不会让你的妈妈离开我们。

第二天，我刚醒来，看见房门一开，爸爸从外面进来，挟着一缕轻风，捧着一束粉色的花，给妈妈。

妈妈惊喜地说："桃花开得真早，插在这只粉彩桃花瓶中真是绝配。"

爸爸说："你最爱桃花，我去承包一座小山，专种桃树，怎么样？"

妈妈说："插花也不需要这么多的桃花。"

"你不是爱吃水蜜桃吗？桃花会结水蜜桃呀。"

"我也吃不下这么多的桃子。"妈妈眼睛一闪，扑哧一声，难得笑了。

我依在妈妈身边，打量着有点陌生的外婆。妈妈说："快叫外婆。"外婆看了我一眼，说："乡下小囡，天生害羞。"我心里咚咚乱跳，不知道外婆这次来，会不会带走妈妈？

一年前，妈妈在暑假带我去上海外婆家。一天，家里来了一个叔叔，翘着兰花指，捧着一束玫瑰花，送给妈妈。妈妈说："这不是我喜欢的花，我就不收了。"那个人走后，外婆与妈妈吵了起来，外婆说："人往高处走，水往低处流，跟着那个乡下男人有什么出息！"

外婆用鼻子凑近插在瓶中的桃花，闻了闻，说："这桃花水灵灵的，可惜与玫瑰花相比显得土气。"

"我爸爸说过，这里的桃花会结水蜜桃，这是妈妈最爱吃的水果。"我搂住妈妈，大声地说。

外婆看着我，张了张嘴，没说出话来。

我们带外婆来到了我家的桃山。山上的桃花，像粉红色的海洋，蜜蜂嗡嗡飞着，春风轻轻吹着。外婆站在花丛中，嗅嗅这朵桃花，摸摸那棵桃树，问爸爸："这山上的桃树，都是你家的？"

爸爸拿出随身带来的剪子，将旁枝剪下，递给妈妈和外婆。爸爸说："是呀，去年承包的。姆妈，水蜜桃成熟时，您约上朋友，来吃水蜜桃吧。"

外婆像不相信似的，认真地看着爸爸，点点头。

夏天到了，桃山上，一阵香过一阵。爸爸每天天不亮就起床，摘桃，装箱，卖桃。皮肤晒得黝黑发亮。妈妈像变了一个人似的，从不干农活的她，一有空，也和爸爸一起上山。晚上，当爸爸将卖桃的钱交给妈妈时，妈妈会笑着亲一下爸爸，也亲一下我。

外婆带着她的朋友果然来了。妈妈将一只只红扑扑、水汪汪的水蜜桃摘下来，递给他们。外婆剥去纸般薄的桃皮，桃汁瞬间流出来，粘住了她的手指，她大咬一口，哈哈笑着说："这是我一生中尝到的最甜最香的水蜜桃。"

外婆的朋友们也赞不绝口。一位婆婆说："这次到乡下来，让我们长了见识，你的女儿女婿真能干。"

外婆骄傲地看着爸爸和妈妈，哈哈笑了。笑声回荡在桃山里。

我摘了一个很大的水蜜桃给外婆，说："外婆，你不会带走妈妈吧？"

外婆一愣，瞬间，她的脸红得像一只水蜜桃，用黏糊糊的手轻轻拍拍我的脸，说："小囡别多想，这里的桃花能结出这么甜的水蜜桃，连外婆也想到乡下来住了呢。"

这是表姐小静给我讲的故事。她的妈妈就是我的姨妈。

门前的山楂花

花名：山楂花

科属：蔷薇科山楂属

花语：守护唯一的爱

花期：5—6月

特点：落叶乔木。伞形花序顶生，具多花，花瓣5枚，白色，倒卵形或近圆形，基部有短爪。萼筒钟状，外面密被灰白色柔毛。

学校后面的塑料制品厂着火了！老师让我们提前放学回家，并警告："千万不可去看热闹！"

那家工厂是我们的乐园。工厂门前常年堆放着一些杂物，大都是一些不合格的肥皂盒、衣架等次品。孩子们喜欢捡着玩，大人们也喜欢去捡。村里每户人家的肥皂盒、衣架，几乎都一模一样。好多大人还把它们当作礼物送人呢。

第二天，我来到工厂门口。卸下的大门和熔化的塑料、产品，乱七八糟地躺在地上。厂房烧成了焦炭屋。阿龙厂长蹲在门前的花坛边，阴着脸。花坛里的那些名贵花木，如今都垂头丧气，叶子发黄。

阿龙的妻子小女一会儿将这个拖出来，一会儿将那个提出来，进进出出，忙着清理。这时，小女从厂房里搬出一件黑乎乎的东西。阿龙喝道："搬什么搬？还有屁用！"

小女在厂里负责做饭、烧水、倒茶、打扫等工作，从早到晚，整天系着围裙，忙个不停。装卸货物时，她也会上前帮忙。许多客户当着阿龙的面夸她："你这个勤杂工真勤快！"阿龙只是笑笑，从不说明小女的身份。

小女什么都听阿龙，阿龙叫她干啥，她就干啥，唯独有一件事例外。一年多前，小女发现厂门前长了一棵细小的野树，树皮暗灰、粗糙。阿龙嫌它丑，让小女拔掉。小女说："花坛里的花是你种的，这棵野树就算是我养的吧。"阿龙说："如果它长高影响了花坛里的植物，就得清除。"后来，小女跟我妈妈谈起这件事时，说："那个时候，我好怕野树长高。"

有一次，一位客户告诉小女，野树叫山楂树，它的种子不易繁殖，山楂树成长也很慢。终于知道野树的名字了，小女十分开心。小女望着只及她一半身高的山楂树说："我相信，总有一天，它会长高的。"

小女抚着山楂树，说："不知它还能成活不？"

阿龙白了她一眼，说："你这个笨女人，被烟火熏过，还能活？除非你有本事让工厂活下来。"

几天后，是立夏，妈妈端着一盆热气腾腾的立夏蛋，给小女送去。回来时，带来一个比火灾还令人震惊的消息：阿龙与小女离婚了——而且，还是小女主动提出来的！

原来，阿龙想关闭工厂，小女劝他不要放弃。阿龙说："说得倒轻巧！有本事，自己去开！"

"开就开，不妨试试！"

"哈哈，笨女人也想开厂？天大的笑话。到时候连家都被你开没了。"

"那我不拖你的后腿，离婚吧。"

前一天，他们办了手续。小女将房子留给了阿龙，自己只要这家工厂。

妈妈说："厂房还是租来的，小女的脑子也被火烧坏了。"

很快，小女用贷款和理赔的钱，将厂房修缮一新，又购了机器等设备，工厂重新开张了。

小女请妈妈暂时帮忙，去工厂做饭、打杂。那段日子，我也在工厂吃饭。小女吃饭总是落在最后，好多次，饭菜凉了，还不来吃。小女总有那么多的事情要做，要么在打电话，要么在向别人请教，要么比对着不同的塑料粒子。

一天，我发现次品堆里出现了许多新面孔：杯子、小水桶、便当盒、铅笔盒……我欢喜地淘起宝来。抬头时，发现小女站在山楂树前比着。带着焦痕的山楂树，已抽出了好多枝条，嫩绿的叶子在风中沙沙作响。

我说："山楂树长到你肩膀高了。"

"它还会继续长高。"

"它会开花吗？"

"当然，还会结果呢。"

　　前面来了两个客户，小女拢拢头发，整整衣服，挺起胸，微笑着迎上去。然后，传来朗朗的笑声。我看着小女的身影，感觉有些陌生。不知从什么时候开始，她变得这样自信、美丽？

　　一天晚上，阿龙来我家，对妈妈说："听说，工厂的业务比原先拓展了好几倍，奇怪，笨女人怎么也会经营工厂？"

　　"小女以前做的杂活，也与经营有关呀，"妈妈从口袋里拿出一张存单，递给阿龙，"她说不想复婚了，这些钱让你还债，密码是离婚日。"

　　"替我谢谢笨……不，小女，"阿龙揣起存单，"告诉她，她很棒。"

　　"这是我第一次听到你对小女的肯定。"妈妈哈哈笑了。

　　我从家里飞奔而出，急着将这个消息告诉小女。远远地，我看见小女正站在山楂树前，抬头张望。只见紫灰的树干、浓绿的叶片间绽放着朵朵白花。咦，什么时候山楂树长得跟小女一般高了？

永远的紫薇花

花名：紫薇花

科属：千屈菜科紫薇属

花语：独立、好运、沉迷的爱、雄辩、女性

花期：6—9月

特点：落叶灌木或小乔木。花淡红色或紫色、白色，常组成顶生圆锥花序；花萼外面平滑无棱，鲜时萼筒有微突起短棱，两面无毛，三角形，直立。花瓣6片，皱缩，具长爪。

绍兴婆婆家门口，有一棵光溜溜的紫薇树。挠一挠它的树干，树上的叶子和花儿会轻轻地抖动。绍兴婆婆说，树像人，怕痒呢。整个村子，再没有第二棵这样好玩的树了。

绍兴婆婆的娘家在绍兴，村子里就她一个绍兴人。每天早上，绍兴婆婆就坐在紫薇树下的竹椅上，慢慢地梳头，半天后，在脑后挽一个光溜溜的绕绕头（方言，发髻）。夏秋时，紫薇花开了，绍兴婆婆采一朵，插在绕绕头上。花白的头发、淡红的花儿，映在她清秀白皙的脸上，别有一份脱俗的美。别人要是学样，不管是年轻的还是年老的，谁也无法插出绍兴婆婆那种别致的美。

绍兴婆婆梳头的时候，我抱着紫薇树，边挠痒痒，边缠着她讲故事。绍兴婆婆肚子里的故事讲也讲不完，她会讲大灰狼、狐狸、小白兔的童话，牛郎织女、嫦娥奔月、许仙与白娘子的传说，还有龙王、鬼怪、白骨精的神话。一则故事讲完，日光正铺到紫薇树边，绍兴婆婆起身，用软软的绍兴话说：烧饭（音"烦"）去啰，烧饭去啰。我还抱着紫薇树，沉浸在故事的情节当中。

有一天，我在紫薇树下，从早上等到中午，又从下午等到傍晚，始终等不来绍兴婆婆的身影。到了晚上，听到一个坏消息：绍兴婆婆得了不治之症，活不了多长时间了。这可把我吓呆了。

几天后的早上，我在紫薇树下，终于等来了绍兴婆婆。我不安地盯着她，她还是像往常那样缓缓地梳头，然后摘一朵紫薇花，戴在绕绕头上，与平时没有什么两样。

阿波，今天为什么不要我讲故事了？绍兴婆婆笑眯眯地问。

婆婆，你会死吗？我的心狂跳起来。

会的。

你害怕吗？

婴儿落地，老人归西，就像太阳升起落下那样自然。阿波，还要听故事吗？

我点点头。

从前哪，有一个小女孩，总是喜欢戴着一顶小红帽，别人都叫她"小红帽"……

回家以后，我始终闷闷不乐，有好多问题，想不明白。

几天后，绍兴婆婆在她女儿的搀扶下来到紫薇树旁。我盯着她女儿的大肚子，想起绍兴婆婆的那句话，生起气来。

绕绕头梳好了，绍兴婆婆说：阿波，替我摘一朵花。

绍兴婆婆颤抖着将花插在头上，叹了一口气。

婆婆，不要死好吗？

一切自有安排，由不得人啊。她望着紫薇树说，我还有好多的故事要讲给你听呢，不会这么快就死的。

妈妈在背地里说我，讲故事费神，你不能老要人家讲。

可是，绍兴婆婆却说没事，那些故事她要讲给我听，也要讲给紫薇花听。

终于，绍兴婆婆走不动了，只能躺在床上。一天，我摘了一朵紫薇花，戴在她的头上。

如果我不在了，你想起我时，我会是什么模样呢？

婆婆很漂亮，戴着紫薇花，会讲好多故事。

这就够了。她笑了。

婆婆，人死了，什么都不知道了吧？

人会化作自己喜欢的东西，注视着一切呢。

窗外的紫薇花，一动不动，仿佛也在默默听着我们的话。

那天晚上，绍兴婆婆静静地走了。事后，她的女儿告诉我们，绍兴婆婆临走时，伸手要了一朵紫薇花，还说，遗憾呀，来不及亲手送给小外孙了。

一年后，我抱着一个名叫紫薇的小女孩，站在绍兴婆婆家的紫薇树下。一朵紫薇花，静静地落在了我的脚下。我捡起来，放进小紫薇的手中，只见她的掌心里，有一个淡红色的胎记，就像眼前的这朵紫薇花。

那一瞬间，我的心中突然涌出好多故事。不管小紫薇是否能听懂，我对着一树繁花，讲了起来——

从前哪，有一个女孩，总是喜欢戴着一顶小红帽，别人都叫她"小红帽"……

然后，我在小紫薇的手心亲了亲，不知为何流下一行泪来。这时，我看见满树的紫薇花，像谁在挠痒痒一般，突然轻轻地抖了抖。

梦中的兰花

花名：兰花

科属：兰科兰属

花语：高贵、典雅、美好、贤良、清高、淡泊

花期：四季

特点：地生草本。罕有腐生，通常具假鳞茎。花较大或中等
大。花色淡雅，色彩丰富，品种繁多。

钟叔叔有一只祖传的紫砂兰花盆，十分精美，据说很珍贵，
却一直空着。

好几年前，钟叔叔生日时，我的爹爹送给他一株兰花，建议
他将兰花种在那只花盆里。钟叔叔眯着眼，望着天边飘来飘去的
那朵白云，说："这只花盆只有我梦中的那株兰花才配得上。"

钟叔叔曾做过一个梦，梦见一株名贵的兰花，绿叶镶金边，
开着黄白红相间的花儿，发出迷幻般的光彩。他正想看个究竟，
梦醒了。

爹爹说："梦是梦，现实是现实。"

钟叔叔说:"梦是现实的映照。"

钟叔叔一心想找到梦中的兰花,他跑遍了花鸟市场和大大小小的花店,一无所获。一位花店的老板说:"这种兰花,我从没见过,除非你自己上山挖掘,说不定会发现。"

钟叔叔一下子开了窍。以后,一有空,他就背起竹筐,带上小锄头,到山上寻找梦中的兰花。村子离山远,到最近的一座山就有五里多路。每次上山,钟叔叔凌晨出门,晚上回家,有时,还得在外过上一夜。方圆几十里的每一座山,几乎都留下了他的足迹。许多年过去了,钟叔叔还是没有找到那株兰花。

钟叔叔每一次采兰,不管什么品种,都会采上两株。院子里所有的花架,都摆满了兰花。对于新采的兰花,钟叔叔会观察一些时日。说不定长着长着,就长成了梦中的兰花。钟叔叔说。

钟叔叔的兴趣只在于寻找兰花,却懒得给兰花浇水、松土。遇到大热天,也常常忘记给兰花遮阴。好多兰花,枯的枯,死的死,活下来的,大多也蔫了。

一天傍晚,钟叔叔被人背到我家,腿肿得走不了路。他在山上,被蛇咬了一口,若不是遇到正在采草药的老中医,差点丢了命。

爹爹说:"如果你将这些兰花养好,也是很美的事。"

"我只想找到梦中的兰花。"

第二天,我到钟叔叔家去担饭,看见一个男人捧着一株兰花,在钟叔叔家的院墙外走来走去。他自称花农,叫我给钟叔叔传个话,说他远道而来,想跟钟叔叔交换兰花。

钟叔叔闻讯,拐着腿,出来了。花农将怀中的一株兰花递到钟叔叔面前。那株兰花，绿叶镶着黄边，花儿灿烂得像蝴蝶的翅膀，还散发着苹果香。钟叔叔的眼睛瞬间变大。他捧起那株兰花，看看，闻闻，舍不得放手。事后，钟叔叔承认，这是他见到的与梦中的兰花最相像的花儿。

花农径直走向院子的角落，快速捧来一盆兰花。那是盆什么样的兰花呀，稀疏的叶子，细细的，已经发黄，没有一个花苞。

"这株太孱弱了，你挑一盆好一点的吧。"

"我这人有个毛病，越是看见孱弱的花，越是想将它养好。"

钟叔叔和花农彼此捧着交换后的兰花，都哈哈地笑了起来。

钟叔叔将换来的这株兰花取名为梦兰，马上将它种在紫砂兰花盆中，对着他的梦兰说："终于盼到你了。"

钟叔叔叫我唤来爹爹欣赏梦兰。爹爹说："的确漂亮。可是，那个花农为什么这样做？换走的那一盆，说不定是珍品呢。"

"哪有像野草一样的珍品？"钟叔叔领着我们走到角落，指着一只破瓦盆里的一株濒临死亡的"野草"，说："当初采了两株，喏，还有一株。"

钟叔叔全心扑在那株梦兰上。施肥、浇水、修剪、打虫、遮阳，一样不落。想不到的是，一个多月后，花儿枯萎，叶子长出了黑斑，没多久，竟死了。钟叔叔伤心极了，实在不明白为什么留不住那株梦兰。

过了一年，钟叔叔听说一个高规格的兰花展在县城举行，展览里有一株十分珍稀的兰花，叫素冠荷鼎，有人出一千万元，花主人也不肯卖。钟叔叔马上赶了过去。据他后来描述，那是一株很不起眼的兰花，瘦薄的叶子间，绽放着玉白色的花。那花儿，像玉荷花，淡雅，有花香。他实在不明白，这株兰花有什么珍稀之处。如果没人介绍，他都不屑多看一眼。

钟叔叔突然想起，这株兰花好生眼熟。这时，他听到旁边有人窃窃私语——

"听说，这是主人用普通的兰花从别人手里换来的呢。"

"说不定那个人吐血了。"

钟叔叔抬头，去寻找说话的人，那两个人已消失在人流之中。

他发疯般赶到家里，破瓦盆中的那株"野草"，早已枯黄得看不出生命的迹象。

"啊——"他大吼一声，吐出一口鲜血，落在那只瓦盆中。

后门的茅花

花名：茅花

科属：禾本科白茅属

花语：顽强、生命

花期：5—6 月

特点：多年生草本。有长根状茎。圆锥花序，干燥、稠密；第一外稃卵状披针形，第二外稃与其内稃近相等，卵圆形，顶端具齿裂及纤毛，灰白色，质轻而柔软，若棉絮状；花柱细长，紫黑色；颖果椭圆形。

"嘭嘭嘭——"

"笃笃笃——"

小素家的院子，位于我家的后门，常发出各种声响，有时是捶衣声，有时是磨豆声，有时是扫地声，像演奏一曲长得没有节奏的打击乐。

"打击乐"的鼓手当然是小素。小素很笨，小学还没毕业，读不下去了，就辍学干活。不过，放牛、养鹅、种田、做家务，倒比她聪明的弟弟做得像样。她从不喊累，从不偷懒。小素的妈妈难得在人前表扬："我家小素，干起活来像一头牛。"

小素不爱说话，不知情的人，会以为她是哑巴。我听到小素说话，大多是一声"哦"。那是小素对她妈妈差遣的回应。

"小素，去晒谷。"

"哦。"

"小素，洗衣服。"

"哦。"

"小素，去打水。"

"哦。"

"哦"，就是爽快答应。奶奶常教育我，做事要"哦哦应"，就像小素那样。

"双抢"时，小素从凌晨到中午，从傍晚到夜晚，一直在割稻。傍晚时分，别人都回了家，她还在田里。月亮升到了半山腰，田野是那么安静，只有夏虫在唱着歌。已吃过晚饭的弟弟来叫她，小素说："等割完了这丘，再回家。"

月亮越升越高，夜雾渐浓，弟弟在田里找到了昏倒了的小素。

小素被弟弟背回家，她的妈妈骂她："魂灵缺一魄，吃热了，也不知道歇一歇。"

小素被刮了痧，灌了十滴水，第二天，照样又去割稻了。倒是她的弟弟，怕吃热，躲在家里休息。

田头上，有人问小素："为什么不留一点力气？"

小素反问："为什么要留一点力气？"

小素比我和妹妹大十来岁，无论我们怎样调皮，她总是笑笑，从不骂人。

我家的后门，有一片茅草，像迷你的芦苇，长着长着，茅草的顶部长出了"尾巴"，像一根白稻穗。我将它扯下来，风一吹，一丝丝的茸毛，散开来，飘呀飘，飘到小素家的后院，飘到小素的头上。小素乌黑的头发沾满了白白的茸毛。小素家的花猫好像很生气，冲着我吹胡须瞪眼睛，可是小素却笑笑，说："花。"

茸毛算什么花？真笨。

可是，奶奶却说："确实是花，它叫茅花。"

"茅花？有什么用？"

于是，奶奶给我讲了一个杨梅和茅花的故事。

古时候，有个外国番王，经过江南，见那里山清水秀，牛羊成群，五谷丰登，心生一条毒计。他从自己的王国带来了许多树苗，对国王说："这是我国的宝树，叫杨梅树，会结出紫水晶般的果实，美味无比，营养丰富，只适宜在江南种植。"

国王十分高兴，差人将杨梅树种在了江南一带。

几年后，杨梅树渐渐长大，结出了果实。有一天，一位巫师路过杨梅林，看见微红的杨梅，大吃一惊。原来，杨梅是一种毒果，人吃了后，三天之内，全身会化为脓血，毒发而亡。

可是，那些果实，在碧绿的叶间，像一只只红玛瑙，实在漂亮。再过几天，"红玛瑙"会更红，直到红得发紫，毁了它，有点可惜。

"幸亏碰上了我。"巫师在附近转了一圈，看到坡上坡下成片的茅草，灵机一动，在溪边折一条柳枝，在河中沾一点水，洒向茅草。瞬间，成片的茅草开出了白茸茸的花儿。巫师衣袖一拂，风儿吹来，茅花轻盈飞了起来，纷纷沾在了杨梅上。

杨梅成熟了，非但没有毒死人，味道还非常好。江南的许多地方都种上了杨梅，外国番王听到这个消息，被活活气死了。

"就是它吗？"我从后门拔来一个"狗尾巴"。

奶奶点点头。

我不得不以新的眼光，看待"狗尾巴"，不，是茅花。

几天后，小素的妈妈送来一把小糖，说："小素出嫁了。"

奶奶奇怪，同一个闾门，有人出嫁，邻居竟然不知。

小素的妈妈说："没办喜酒，直接叫男方带走了。"

我很为小素抱不平。人家做新娘子，做新衣服，发嫁妆，放鞭炮，吃喜酒，多有趣，多热闹呀。可是，小素却像后门的茅花，自开自落，悄无声息。

奶奶问起小素的丈夫的情况。小素的妈妈说，山里人家，老实本分，只是比小素大了十五岁。

有个邻居告诉奶奶，那是一个老光棍，小素的妈妈向人家要了好多彩礼，给小素的弟弟说了一门亲。

一阵风儿吹来，茅花飞飞扬扬，飞到哪里就落到哪里。风一吹，又飘走了，不知去了何方。没有了小素，我也懒得去拔茅花，吹茅花了。

牵牛花的故事

∨
∨
∨

花名：牵牛花

科属：旋花科牵牛属

花语：顽强、永恒、爱情

花期：6—10 月

特点：一年生蔓性缠绕草本。花呈漏斗状，酷似喇叭。颜色为白色、紫红色、紫蓝色或混色等。

我家的花实在多，单是屋后的那面墙壁，就爬满了五角星花、蔷薇花和牵牛花。花儿重重叠叠，把青墙开成了花墙。

奶奶望着花墙，说："每一朵花就像一个人，都有属于自己的故事。"

我摘下一朵牵牛花，在奶奶眼前一晃，奶奶就给我讲了一个牵牛花的故事。

从前，有一座金牛山，山下的村子里，有一对双胞胎姐妹。姐妹俩父母双亡，靠种庄稼为生。在所有的农活中，她们最怕耕地。每当耕地时，她们借来犁耙，轮流套在一方的身上，当牛使。尽管使出全身力气，地还是耕得浅，影响收成。

妹妹说："要是我家有一头耕牛，那该多好啊。"

姐姐说："村庄里只有一户人家有，哪轮得着我们呀。"

"做个美梦也好的。"

"那我们一起做。"

有一天，姐妹俩像往常一样，天刚亮，就出门干活。到了黄昏，她们在耕地时，耕出了一只银喇叭。抹去泥土，银喇叭银光闪闪，十分耀眼。

这时，一位白胡子老人突然出现在她们面前，说："金牛山里有一百头金牛，这只银喇叭是开山的钥匙。今晚，如果听到金牛山发出哗啦啦的声音，你们就把银喇叭插进发出金光的山眼中，抬出一头金牛，足够换上一头牛，造起一间房。记住，千万不能吹银喇叭，否则，金牛就会变成活口冲出洞口。"

白胡子老人告诉姐妹俩开山的咒语后，就不见了。姐妹俩知道遇上了神仙。

她们做梦也没有想到，美梦竟然要成真了。

这天晚上，姐妹俩一直守在金牛山下。一直到了五更，才听见山内发出哗哗的响声，山坡出现了一道金光。

姐姐念："金牛山，哗啦啦，开山要我银喇叭。"妹妹同时用银喇叭插进山眼。山眼由小变大，姐妹俩挤进山洞，看见山洞里有许多金牛，排着队，闪着金光。

金牛像土箕那么大，很重，姐妹俩抬起一只，走到洞口，回头望着其他金牛。

姐姐说："如果乡亲们都有耕牛，那该多好呀。"

妹妹说："等这只金牛抬出洞外，再来抬剩余的，送给乡亲们。"

这时，洞口在慢慢缩小，姐姐说："来不及了，快吹吧。"

姐妹俩迅速将金牛放下，妹妹马上吹响了喇叭："嘀嘀嗒——嘀嘀嗒——"

只见所有的金牛，迅速褪去金光，瞬间变成了活生生的黄牛，你推我搡，向洞外涌去。黄牛冲出洞口后，见风就长，长成了一般黄牛大小。姐妹俩抬过的那一只，头朝着洞口，围着姐妹转，仿佛催促她们快点出去。可是，其他金牛连成一排，谁也插不进队。终于，那些金牛都冲出了洞外，只剩下她们抬过的那一只。洞口加快了缩小进度，姐妹俩合力推一把金牛，金牛被卡在山眼，动弹不得。

乡亲们听见喇叭声，不知发生了什么事情，纷纷朝山上奔来。他们看见满山奔跑的黄牛，都惊呆了。每个人拉来一头黄牛，开心极了。他们发现山眼里还卡着一头黄牛，里面传来姐妹的呼喊声。大家你拖牛角，我拽牛头，还是拉不出牛来。有人急中生智，给牛安上了鼻圈，拴一根长绳，用力一拉。牛"哞"的一声，终于蹿出了山眼。

山眼迅速合拢。在原先的山眼处，嵌着一只银喇叭。

太阳出来了，阳光一照，那只银喇叭变成了一朵牵牛花，像一只等待别人吹响的喇叭。据说，牵牛花到了晚上，会变成一把钥匙，去开山眼呢。

"那个山洞还在吗？牵牛花完成开锁的任务了吗？"我望着牵牛花，有一大堆疑惑。

"也许完成了，也许没完成。不过，这世上总有很多东西等待着开锁。"奶奶笑了。

好一朵茉莉花

花名：茉莉花

科属：木樨科素馨属

花语：忠贞、尊敬、清纯、贞洁、质朴

花期：5—8月

特点：直立或攀援灌木。聚伞花序顶生；苞片微小，锥形；花萼无毛或疏被短柔毛，裂片线形；花冠白色，裂片长圆形至近圆形，表面微皱，极芳香。

村东小河边，有一排小平房，那是生产队的仓库。房子长年紧闭，透过玻璃窗上厚厚的积尘，依稀可见一张张蜘蛛网和横七竖八的农具、种子袋。

一天，我发现靠近路边的那间平房门口，多出了一棵灌木。淡绿的叶，柔软的枝，开着好多小白花，像夜空中的星星那么耀眼。这是什么花，那么香？我摘下一朵，使劲儿闻着。

"小姑娘，以后不摘花玩儿，好吗？"突然，那间小平房里走出一个女人。柔柔的声音像唱歌一般，而且，说的还是普通话。

除了老师，村子里从来没有听谁说过普通话。

她是谁？就像突然出现的那棵灌木和花儿那样，令我不解。

我扫一眼那间屋子。原来灰汁团（用稻草灰、米粉和红糖做成的团子，灰不溜秋）般的木门，现在露出清晰的木纹，玻璃窗上糊着报纸。

屋里又走出一个人来，是马浪荡。我大吃一惊。听大人说，马浪荡是孤儿，小时候，他随出嫁的姐姐来到我们村，长大后住进了祠堂。上几年，祠堂拆了，他就在外面游荡。"马浪荡"是人们对行踪不定、四处游走的人的称呼。叫得久了，"马浪荡"就成了他的名字。

小孩儿都怕马浪荡。谁家少了一只鸡，或者一码（方言，将年糕以横三条、竖三条的方法码成一堆）年糕，大人就会骂："是不是马浪荡回来了？"妈妈也这样吓唬我："再哭，叫马浪荡把你抓去，像鸡一样杀掉。"

我刚想跑，女人笑眯眯地递上一颗话梅糖，说："小姑娘，请吃糖。"

我用鼻子吸一口空气，奇怪，她身上也有这种花儿的香。

"进屋来呀。"女人的话，像话梅糖般粘住了我。

我走了进去。墙壁上，贴着一张张戏剧照，里面的女子像仙女一样。看得出，就是这个女人。

桌子上，有两杯茶。黑乎乎的茶汤上，开着两朵洁白的小花。一丝丝甜香从杯中飘出来，钻入我的鼻尖。

"那是什么花？"我怯怯地问。

女人轻轻地唱："好一朵茉莉花，好一朵茉莉花，满园花开香也香不过它。我有心采一朵戴，又怕看花人人骂……"不知不觉，我和着唱了起来。

女人说："小姑娘，唱得不错。这就是茉莉花呀。"

啊呀，我恍然大悟。

马浪荡续了茶，说："林妹妹，继续喝。"

他竟然也说着普通话。我对马浪荡刮目相看，暂时忘了他是一个坏人。

我问林妹妹："这茶好喝吗？"

林妹妹说："你自己去摘吧，只要不糟蹋就好。"

"好一朵茉莉花，好一朵茉莉花……"回家后，我边唱边将两朵茉莉花小心地放入杯中，倒进开水。我第一次喝上了这么香的茶。

妈妈正和阿绣婶说着马浪荡和野女人的事。我纠正道："不是野女人，是林妹妹。"

阿绣婶笑开了："林妹妹？还贾宝玉哩！"

妈妈说："好人坏人，你要分清。"

"坏人是不是也有好的时候？"我问妈妈。她没理我。

后来，我多次走进那间小平房。有时，他们在吃饭，小菜都是咸菜、蟹酱、芋艿、萝卜、青菜之类。只是，那饭碗、菜碟很美。有时，马浪荡拉琴，林妹妹唱越剧、黄梅戏，像上台演出一样认真。

女人们总是窃窃私语，指指点点。有人说："马浪荡正经事不做，在草台戏班子混了几年，骗来了一个野女人。"也有人说："马浪荡细皮嫩肉，天生就不是干活的料，只能做坏事。"

一天早上，小平房门口来了一个脸上有刀疤的男人。阿绣婶来告诉妈妈，野女人看见那个"刀疤脸"，跪了下来。马浪荡将来人拉进小屋，关上了门。里面乒乒乓乓，哭声骂声，十分热闹。阿绣婶又神秘地说："野女人的男人据说刚从'里边'出来，弄不好，马浪荡要为野女人丧命哩！"

我的心一惊一跳。妈妈瞪我一眼："这几天，别往那边跑。"

第二天中午，我在代销店打酱油，马浪荡来买猪肉和啤酒。管代销店的胖老头儿问："家里来贵客了，这么客气？"马浪荡笑着说："自家兄弟，应该客气。"马浪荡刚走，小店里就像"米胖机"放炮一般，突然爆发出响亮的笑声。有人说："一张小床，三个人不知怎么睡？"

匆匆吃了饭，我又来到小平房那边。小平房门口的一张小桌边，围坐着两男一女。男人喝着啤酒，剥着小龙虾，女人喝着茉莉花茶。三个人有说有笑，不时干杯，亲如家人。

人们装作闲逛，纷纷来到屋子前，转了一圈又一圈。饭后，三个人演了一台戏。马浪荡拉着二胡唱刁德一，"刀疤脸"唱胡传魁，林妹妹唱阿庆嫂。

"唱得真好。"人们听着戏，围拢过来，还拍起手来。马浪荡开心地笑了。这应该是他第一次被人们称赞吧。

"刀疤脸"起身向人们分香烟，抱拳说："我兄弟和妹妹今后请各位多多关照。"

第二天，"刀疤脸"不见了。小屋的门口，渐渐热闹起来。很多时候，大家点名要林妹妹唱越剧，当然，马浪荡会拉二胡伴奏。有时候，他俩会外出表演几天。

　　一年多后，林妹妹病死了。马浪荡到外面游荡，再也没有回来。

　　一天夜里，我做了一个梦。梦见林妹妹的坟头上长出一丛灌木，开满了朵朵茉莉花，花儿轻轻唱着："好一朵茉莉花，好一朵茉莉花，满园花开香也香不过它……"

别人家的长寿花

花名：长寿花

科属：景天科伽蓝菜属

花语：健康长寿、喜庆热闹、多子多孙

花期：1—4 月

特点：常绿多年生草本多浆植物。圆锥状聚伞花序，花小，高脚碟状，花瓣 4 片，花色有绯红、桃红、橙红、黄、橙黄和白等。

"快来看看别人家的花！"妈妈刚走到窗台边，就喊了起来。

然后，妈妈将我抱上窗边的八仙桌。我朝她指的方向望去，对面阊门一户人家的窗台上，放着一盆橙红色的花儿，开成绣球般的形状，可耀眼了。

"哇，好漂亮！"

"你看那个盆子，那才叫花盆。"妈妈朝那个窗台努努嘴。

我的眼睛往下移。那只盆子肚子鼓鼓的，两头小小的，有点像我家那只瓦甄，盆子上还画着银色的花纹，阳光一照，发着银光，不知比那只瓦甄要漂亮多少倍。那才是真正的花盆。

以前，除了在小人书、画报上看到的，我没有见过真正的花盆。村子里的花儿大多直接长在泥土里，也有一些长在填了泥土的破旧的面盆、陶罐、铅桶、水桶里。有一次，一位婶婶说起自家种在花盆里的花儿，妈妈回了一句："破面盆也叫花盆？"

妈妈装作一路寻找母鸡，到对面的闾门转了一圈，终于摸清了大概情况。这是发婶家的花，至于是长寿花还是长寿海棠，因为妈妈是站在道地上望见的，一下子吃不准。

"妈妈，你为什么不上楼去看仔细？"

"我与发婶平常没往来，怎好意思？"

其实，妈妈偶尔也聊起过发婶，说她有五个儿子，个个能吃能干，丈夫脾气好，事事顺着她，她是有福气的女人。有时候，妈妈累了，或与爹爹吵了，就说："我比不上人家有福气呀。"

妈妈不知从哪里借来了一只望远镜，倒过来，顺过去，望了一阵，确定是长寿花。

这些天，妈妈一上楼，就会望向那个窗台，喃喃地说："单看看这盆花，就知道人家有好福气。"

"妈妈，你也可以种一盆这样的花呀。"

"阿波真聪明。"妈妈笑了。

第二天，妈妈到镇上买来了一只花盆，样子与有福气人家的差不多，但没有花纹，也不会发光。妈妈到邻居家要来了打了花苞的长寿花种下，将花盆端端正正地放到自家的窗台上。

妈妈小心地侍弄着她的宝贝：阳光太猛，怕晒坏了；雨水太大，怕淋坏了。妈妈不时地将花盆搬进搬出。有一次，妈妈在搬花盆时滑倒了，两只手紧紧地抱着花盆，后脑勺摔了个大肿包。见花盆完好无损，妈妈笑着说："运气真好！"

经过妈妈的精心侍弄，我家的长寿花终于开了，橙红色的花，开成大圆团。妈妈好像不怎么高兴，她左看右看，总觉得花色是别人家的艳，花团是别人家的圆，叶子也是别人家的绿。我家的长寿花谢了开，开了谢，可别人家的长寿花一直红红火火，鲜艳如初。妈妈买来肥料，给花儿增肥。可是，花儿依然还是开开谢谢，妈妈嘀咕："奇怪，别人家的花儿怎么在养？"

有一次，妈妈在河埠头听见发婶与别人聊天，说她有块布料，想做裤子，自己不会做，请裁缝嘛，又得花钱。妈妈主动接口："交给我来做吧。"

就这样，妈妈赶了整整一天，做好了裤子，拉上我，走出家门。一路上，妈妈哼着歌。我知道，她终于有正当的理由去欣赏那盆向往已久的花儿了。

我们跨进那间屋子，只见灶头上、椅子上，有许多鸡屎，一只碗碎在地上。

"刚才与孩子的爸吵了一架，让你见笑了。"发婶看见我们，一把抓过毛巾，又揩鼻涕，又抹眼泪，一阵慌乱。

妈妈红了脸，抱歉我们来得不是时候，并说："要不试穿一下裤子？不合身，我去改。"

发婶叫我们跟她一起上楼，试穿了裤子，正合适。

"叫你费了功夫，怎么感谢你呢？"发婶露出了一丝笑容。

"你家有一盆很美的长寿花吧？"妈妈望着紧闭的窗户。

"没有呀？"

"就在这里，从我家的窗台望过来，可美了。"

"哦，你说的是它呀，"发婶一拍大腿，一把推开窗，直接抓起花团，递给我说，"那是塑料花，给你玩吧。"

我捧着比饭碗还轻的花，一瞧：花团中的花瓣粘在一起，花盆是塑料做的，裂缝处箍了几圈铅丝，根本没有花纹。

妈妈盯着我手中的那盆花，眼光一暗，轻轻叹了口气。

发婶指了指前面，眼中闪着光亮，说："你们闾门那边人家的花才叫美哩，我一推开窗，就能看见，那花盆可是百里挑一的。"

"那是我家的，"我自豪地说，"妈妈，我们从这里看着我家的花好吗？"

妈妈从我手中接过花盆，将它放回原处，一把抱起我。

我们一起望向对面的窗台。

妈妈的眉毛一弯，眼睛一亮，轻轻一笑，露出了两个深深的酒窝。

飘香的野菊花

花名：野菊花

科属：菊科菊属

花语：沉默专一的爱

花期：6—11 月

特点：多年生草本。头状花序，单瓣或多朵舌状花瓣，黄色或棕黄色，花小，体轻，气芳香，味苦。

吃晚饭时，妈妈见我在身上乱挠，皱着眉说："我去配些硫黄膏来。"

"我不要涂。"我一听，急得哭了起来。

"哭什么？等皮肤烂了，就来不及了。"妈妈瞪眼。

"先别配，我有个办法试试看。"奶奶咽下最后一口饭，掏出绣着菊花的手绢，给我擦去眼泪。

"妈有办法？"妈妈轻轻一笑，"你没长那东西，是因为你没和别人打交道。"

奶奶不吭声了。

　　"那东西"，是被我们称为革佬的疥疮。这一年，从梅时到初冬，村里几乎所有的大人和小孩，都长了革佬。起初，手指间出现呈水泡样的痘痘，很快就长遍了全身，痒得坐不好，站不直，吃不香，睡不着，只好不停地挠，挠得皮肤发红、流血、溃烂，恨不得将长痘痘处的肉剜下来。一旦有人长了革佬，与其接触过的人，很快就会被传染。就像爹爹，被他的学生传染后，没过几天，除了奶奶，我们全家都长了那东西。

　　以前，总以为革佬由脏所致，如果小孩一不小心沾了鸡屎，大人会高声叫骂："脏东西，当心长革佬。"人一旦长了革佬，反而不声不响，千方百计不想被别人知道。这一年，刚开始人们还遮遮掩掩，有些人夏天还穿着长袖衬衫，到了现在，革佬好像成了人们生活的一部分，人们相遇，常常这样高声打招呼："你家革佬咋治的？""听说某某没有长？""这个古怪人。"

　　没长革佬的人，令人奇怪。奶奶便是令人奇怪的少数几个人之一。妈妈说，好几次，人们正议论着什么，看见她，就停住了。

　　许多人都涂着硫黄膏。他们的衣服上，渗出又黄又油的硫黄，身上散发着浓浓的怪味，让人恶心得想吐。我见过隔壁大头的妈妈撩起大头的衣服，用一把破刷子，蘸着那又黄又油的东西，往他身上乱涂，好像做鞋子打袼褙时往布里刷糨糊一样。为了不让妈妈向我涂那东西，我尽量不在她面前挠痒。

　　奶奶默默地清理着厨房，身上飘出淡淡的香。这是只有奶奶才有的香。据说，奶奶从嫁来的那一天起，秋冬时，身上常伴着这种香。爹爹说，那是一种花香。

我们熟悉的许多花，都不曾有这种香。到底是什么花，那是奶奶的秘密，她从来也不说。

我们只知道，奶奶每次烧洗澡水都会放一种花进去。尽管关着门，但香味会钻出屋来，飘到外面。那些婆婆、婶婶们，闻到香味，就咧着嘴对我做怪脸，说："阿波，你奶奶又要洗香澡啦，你怎么不去洗？"

"你们才要洗澡。"我回顶一句，就逃走了，身后传来像老母鸡般咯咯咯的笑声。想起妈妈在背后说奶奶"这么大年纪，还要熏香"的话，我的脸红了起来。

奶奶洗了澡，坐在家门口，颈后搭一块毛巾，用篦子缓缓地梳着她的灰白头发，从不理那些奇怪的目光。

我的内心是期待奶奶有办法的。不管她用什么法子，只要不涂硫黄就行。

第二天，奶奶一早出了门。过了晌午，她才挑着两只鼓囊囊的麻袋回来。原来奶奶到距家五里路的塔山上去了。奶奶从麻袋里倒出一大堆枝条，短的一尺左右，长的有我半人高，枝上开满了纽扣大的小花，金黄金黄，像满天的星星。

凑近一闻，好香。奇怪，虽是第一次见到，但这香味却是那般熟悉。

奶奶说："它是野菊花，只长在山上。"

"奶奶，你采那么多野菊花，水缸也养不过来呀。"

"用它来治你的病，怎么样？"奶奶笑眯眯地说。

奶奶捞一把枝条，将它们洗净，拗成一段一段，放进大铁锅里，加了水。灶膛的火熊熊燃烧，水滚了，满屋都是奇香。哎呀，那不是奶奶的香吗？却比奶奶的香更浓。我使劲吸着鼻子闻着。

"让皮肤也吸吸吧。"奶奶说着，将一把高脚凳放在灶前，叫我坐上去，掀开锅盖，霎时，锅里升起的雾腾腾的水汽，包裹了我的全身。

"就这样，别下来。"奶奶说完，往锅里又掺了水，继续烧火。

奶奶牵着我的手，在满山的野菊花中飞奔、捉迷藏，那独特的花香，让我全身舒坦。

"阿波，熏得睡着了？"不知什么时候，奶奶将我抱进了澡桶中。褐色的汤水，不冷不热。奶奶高卷袖管，满面通红，浑身是汗，她用葫芦瓢不停地从桶中舀起水，举起，淋在我的头上、颈上、背上，桶中溅起一朵朵水花，像大大小小跳着舞的野菊花。

"奶奶，你也洗这种澡吧？"我第一次这样问她。

"我五岁那年，你太姥姥就死了。我已经忘了她的模样，只记得她用野菊花泡水给我洗过澡。"奶奶叹了一口气说。

扑鼻的菊香就像一件看不见的纱衣，包裹着我的全身。不知不觉中，身体不痒了。我跳出浴桶，感觉全身滑爽。

奶奶叮嘱："先别跟你妈说，等好了再告诉她。"

吃晚饭时，妈妈吸了吸鼻子，疑惑地看着我，说："你身上怎么有你奶奶的香？"

我笑着躲开了，与奶奶共守一个秘密，我窃喜着。

奶奶一连给我洗了七天澡。第三天，那些痘痘就瘪了下去，新的痘痘不再生发。到了第七天，妈妈撩起我的衣服，惊喜地叫道："哎呀，煞煞清爽梅兰芳。"

从此以后，先是我们闾门，再是其他闾门，接着是整个村子，都飘起了野菊花香。大人们相遇，总会说："这次全靠了阿菊婶。""据说那是她娘家的祖传秘方。"

阿菊，就是我的奶奶。

新发的凌霄花

花名：凌霄花

科属：紫葳科凌霄属

花语：敬佩、声誉

花期：5—8 月

特点：攀缘藤本植物。短圆锥花序，花萼钟状，花冠内面鲜红色，外面橙黄色，裂片半圆形。

　　大家伙几乎忘记了，阿发伯的院墙以前是如何破败。不知从哪一天开始，阿发伯家的院墙上，重新长出来的凌霄花像橘红色的浪花似的，从墙头涌了出来。大家在啧啧赞美时，没忘了加上一句，那都是张婶的功劳啊。

　　张婶住在阿发伯家斜对面，守寡多年，没有孩子。几年前的一天，张婶干活时累得晕了过去。这以后，阿发伯就时常帮她干些农活和重活，张婶很是感激，除了给阿发伯送些点心到田间，还时常帮阿发伯烧饭做菜。

　　正值"双抢"季节，这天，阿发伯对张婶说，以后不能来帮你了，有人说闲话了。

张婶听了，像一只被点燃的炮仗，蹦到路边，叉着腰骂开了：谁在背后乱嚼舌根，谁能保证以后自己不会有个三灾六难！

过路的人听了，低着头，飞快地从她身边绕过去。

张婶赶到村支书家，倚着门框，一把鼻涕一把泪地哭诉着，求村支书派人帮她一把。

支书说，还是阿发吧，他人好，你们住得近。

张婶说，要是有人说三道四呢？

支书说，谁说就叫谁帮你干活！

回家后，张婶瞅准有人走过来，就对着阿发伯的院门喊：阿发哥，村支书派你去干活。

阿发伯对村支书的派遣怎敢怠慢？就这样，阿发伯索性包揽了张婶家所有的重活。

阿发伯年轻时老婆就死了，当时他的儿子小山才十岁。家里没有女人收拾，屋里乱得没处下脚，到处是灰尘，院子里堆满了杂物，老鼠窜进窜出的。墙头上凌霄花的花枝乱糟糟地爬着。到了晚上，胆小的女人和孩子不敢从那里经过。有人建议阿发伯将惹人联想的残枝铲除，阿发伯听了，脸一沉，说，真是狗拿耗子多管闲事，残枝也是花枝，有什么可怕的！人们这才想起，他老婆名叫凌霄。

有一个姑娘喜欢小山，一天晚上，姑娘来找小山，一看他家的墙壁和院子，立刻跑了回去。整整三天，小山将自己关在房里，最后还是张婶劝小山出房间吃饭的。

这天，阿发伯要去镇上赶集，他刚离开家，张婶就来了，又是扫地，又是拆洗被子。阿发伯回来，一迈进家门，连忙后退，还以为自己走错门了呢。

这以后，张婶经常在阿发伯家帮着做家务。张婶做的饭菜香，阿发伯有了喝点小酒、唱唱小调的兴致。

一天，张婶做完活，小山望着窗外满天的星星说，婶，留下来，和我们一起过吧。

阿发伯听了，眼一瞪，说，你还是多想想怎样快点娶上媳妇吧。

张婶听了，一扭头，走了。

这一走，张婶三天没露面。小山去请张婶，张婶说，叫你爸来。

阿发伯来了，张婶说，帮你打理，难免有什么事惹你不高兴，还是躲远一点吧。

阿发伯说，不能这么说，我没有不高兴啊，我和小山都感激你嘞，你来家里做啥我都喜欢。

张婶说，这可是你说的，那我可当真了。

第二天，张婶到娘家抱回来一大包东西。张婶到阿发伯家，搬出梯子，开始清理起院墙内外的枝蔓。路过的人，悄悄伸出了大拇指。

谁叫你动手的？突然出现的阿发伯大喊一声。张婶一惊，脚一滑，眼看就要跌落下来，阿发伯眼疾手快，快步上前，一下子抱住了张婶。

忘了你昨天说过的话了？张婶挣扎站起来，甩开了阿发伯的手。

阿发伯站在旁边，愣愣地看着张婶。

张婶接着忙活，她先是清理了院墙，然后挖出凌霄花枯死的根。土壤已经板结了，怎么用力也挖不动。张婶说，你是木头呀，快来帮我一下！

阿发伯从她手中拿过锄头，三两下就刨出了枯死的树根。张婶解开从娘家带回来的布包，捧出一棵鲜活的树苗。张婶把花种下，浇了水，然后指着斑驳的院墙说，把这面粉刷一下。

为啥？

迎接凌霄花呀。

从这天起，张婶每天都来阿发伯家，或者给花浇水、整枝、施肥，或者摘黄叶、捉虫子。不知不觉中，碧绿的枝条爬上了雪白的院墙。

一年后，凌霄花就开了，喜庆得像一盏盏红灯笼似的。

这天，阿发伯对着这一墙的花痴痴地笑。

张婶问，新发的凌霄花好看不？

阿发伯说，这还用说嘛，这才像家啊。

张婶听了，望着凌霄花开心地笑了。

阿发伯才发现，花下的张婶竟是那么顺眼。他还是第一次正眼盯着她看呢。张婶回过神来也盯着他看，阿发伯像触电了似的，立刻掉过头去。

这天，爹爹和妈妈去阿发伯家吃喜酒了，临走时，张婶剪下了盛开着的凌霄花，送给了每一位来喝喜酒的乡亲。

玻璃里的彩色花

花名：玻璃花

科属：无

花语：破碎的心

花期：四季

特点：非植物类。碎玻璃开出的花，冰冷，似花非花，易碎。

清明的微雨细风，挟着芬芳的花香，在四周飘来荡去。妈妈从幢篮里拿出麻糍、黄酒、水果和几样小菜，摆在外公的墓前。最后，妈妈将一块铜钱大小的彩色玻璃，放在墓碑顶端的裂缝处，像一个小孩骑在大人的肩上。

"阿波，来拜拜外公，还有……你的阿姨。"

我睁大眼睛，看着妈妈。什么时候，墓里来了一位阿姨？

"阿波，妈妈给你讲讲阿姨的事吧，妈妈希望你能记住她。"

妈妈将玻璃拿下来，轻轻地放在手心。玻璃呈心形，有裂纹。我伸手去摸，触感冰冷。

妈妈讲的故事，发生在二十多年前，那时的妈妈还是小孩……

在我周岁的那天，父亲向母亲宣布一个决定，就像一枚炸弹，将母亲当场炸昏了。我和两个姐姐吓得大哭起来。

父亲搬出去，与一个叫阿兰的女人住在一起。生了四个儿子的阿兰，私下里对父亲说，她包生儿子，愿意为他生个儿子。父亲最大的心愿就是要一个儿子继承他的家业和血统。他委托中间人牵线，与阿兰的男人签下了典妻合同。男人用这笔定金在镇西买了房子。

一天，父亲有事回家，看到母亲又在流泪，不耐烦地说："她生下儿子，断奶后就回去，送你一个现成的儿子，还哭啥？"

母亲感到羞辱，从此很少说话，也很少出门，只是一遍遍叹气。第二年，阿兰果然生了，是个女儿。父亲做梦也没想到。他发疯般地将屋里的一扇彩色玻璃窗砸了个洞。阿兰拿起一块碎玻璃，对着女娃的脖子，说："这个不算，我重生一个，好不好？"

父亲一把打掉她手中的玻璃，给了她一笔钱，比合同上写的多，当然，如果是儿子，钱会更多。父亲打发她回家——合同规定，生了女儿，女方抱走，男方不认。

"妈妈，你见过那个女孩吗？"我问。

"当然。"妈妈回答。

一天，我在玩跳橡皮筋的游戏。两个同伴用身体将橡皮筋抻长，我一口气从固定在她们脚面、膝盖、腰部、腋下的地方跳到头顶。镇里的同龄人，至今没人能跳过头颈，更别说是头顶了。好多人过来围观。正当我吸气凝神、准备大显本领时，传来了两个大人的对话声。

一个人说："瞧，这么好的皮筋，有人却连头发都扎不起，同一个爹生的，命运相差这么大。"

另一个人说："论长相，还是小丫好看，可惜是'租牛月'（指被租来干活的耕牛）生的。"

我的脑子"嗡"地一响。这件事一直是我家的禁忌话题。我们虽然从不谈及那个女人和女孩，但并不表示不会想起。我的脚突然一扭，身体重重地跌倒在地。

人们四散着走开了。

远远地，我看见一个小小的、瘦瘦的女孩的背影，独自拿着一块彩色玻璃，引着太阳光，照到哪里，哪里就开出一朵朵彩色的花。

不久，我到镇西的好朋友小菊家里去。我家在镇东，妈妈再三叫我别往镇西跑。经过一户人家门口，一个女孩从屋里出来，与我撞了个满怀，我伸手抱住她，以免跌倒。

"谢谢姐姐。"她红着脸说。

一个漂亮的小妹妹，虽不认识，却似曾相识。

小妹妹惊恐地看着那屋。一个男孩，站在门槛边，朝她挥着拳头，看见我，便进了屋内。

看到小妹妹散乱的头发和旧得辨不清颜色的头绳，我改变主意，将原本打算送给小菊的花头绳，绑在了她的辫子上。

"姐姐，你真好。"

甜甜的声音，让我的心漾起一种别样的感觉，只恨自己没带糖果来。

这时，屋里闪出一个女人，看到我，一句话也不说，一把将女孩像小鸡一样拎进了家门。

"这家人真不像话，谁都可以打她、骂她、拿她出气。"小菊说。

"她叫什么名字?"我问。

"没有名字，都叫她小丫，她的爸爸、哥哥骂她野种，她的妈妈骂她不争气的东西。"

原来是她! 脑海中，马上浮现出母亲伤心的脸、哭泣的脸、生病的脸。我突然后悔起刚才的举动。

那以后，我再也没见过小丫。过了好久，有一天，我突然问小菊："你家旁边的那个小丫……怎么样了?"

"你不提起，我早忘了这个人。大概半年前，不，好像是一年前，也许是一年半前，死了。"

"怎么死的?"我的心跳得分外厉害。

"谁知道。有一天，我听到她妈妈对别人说，那丫头死了。"小菊叹息。

我的心好像被剪刀绞了一个洞……

妈妈从回忆中醒来，说："三天前的傍晚，一个陌生的叔叔交给我一个信封，什么话也没说，就走了。拆开，里面只有这块玻璃。一块普通的玻璃碎片，被你的小丫阿姨打磨成心形，上面系着我给她的那条花头绳，已经褪色了。"

妈妈将玻璃用力一握，又松开，有两滴泪滴在玻璃上。就在那一瞬，我看到玻璃倏然一闪。

玻璃在泪水的浸润下，反射出晶莹的光芒，就像一朵朵盛开的五颜六色的小花。

奶奶的石榴花

花名：石榴花

科属：千屈菜科石榴属

花语：成熟的美丽、富贵、子孙满堂、红红火火

花期：5—7月

特点：落叶灌木或小乔木。花数朵生于枝顶或叶腋；花萼钟形，肉质，橙红色，表面光滑具腊质。花瓣较大，红色、黄色或白色，单瓣或重瓣。

暮春的一个午后，我站在天井的石榴树下，惊喜地发现，石榴花开了。

靠在窗前做针线活的奶奶听见喊声，眼光缓缓地从老花镜上面钻了出来，抬头望了望石榴树，又继续着她的一针一线。

石榴树很早就缀满了一个个火红色的花苞，像一粒粒小豆子，像一盏盏小灯笼，也像我嘟起的小嘴巴。这一天，好多张小嘴巴像约好了似的，一二三——哈，一起张开了！

我喜欢石榴花。花的颜色像一朵朵跳动的火苗，明亮耀眼；

那皱皱的、薄薄的花瓣，像奶奶樟木箱里的缎衣，光亮华丽，风儿一吹，柔波轻漾。整个天井一下子变得亮堂起来，红火起来。

奶奶终于起身，在树下铺好围裙，说，派你一个差事，每天把落下的石榴花放进染缸里。

墙角边放着一只被凿成六边形的石染缸，奶奶也说不清楚是哪位祖宗留下来的。缸的六个立面雕着各种花，像村祠堂里的大石础那样。我认出其中有石榴花。奶奶说，不同的花、枝、叶、果、皮，可染出不同颜色的布料。她做姑娘时，常染各色布料，石榴花、石榴皮能染成玄色。奶奶将黑色称为玄色。

从我记事起，奶奶只穿玄色的衣服，连内衣也不例外。这棵石榴树，是爷爷去世那一年，28 岁的奶奶亲手植下的。

让我不懂的是，人家染衣服为了好看，而奶奶染衣服却为了难看。

奶奶未染色前的衣服，好看得让人羡慕。除了一年一次的晾霉，奶奶从不轻易翻看她的衣服。去年晾霉时，奶奶同时打开五只樟木箱，顿时，满屋弥漫着浓郁的樟木香。此刻的阳光铺满整个院子，奶奶却把一件件长衣挂在了楼上的过道里，过道的阳光像躲猫猫似的，一闪一闪的。

我问奶奶，为什么不到楼下去晒呢？

小孩子，知道什么！奶奶说完，又忙她的活计去了。

过道上挂满了二三十件长衣，各种颜色像盛开的鲜花，让我眼花缭乱。我像一只飞入花丛的蝴蝶，摸摸这件，闻闻那件。

天哪，这是奶奶的衣服吗？这么漂亮的衣服，为什么从不见她穿过？

奶奶指着一排挂着的衣服，教我辨认颜色：石榴红、梅红、朱红、粉红、紫酱、宝蓝、湖蓝、天蓝、孔雀蓝、米白、浅绿、墨绿、咖啡……

哇，石榴红！这件最漂亮了！我喊道。

奶奶满意地看我一眼，难得地笑了笑，是呀，这件石榴红最漂亮了。

那为什么没见奶奶穿过呢？

奶奶像是没听见我的话，先是用手慢慢地摩挲着那件有石榴花般绚丽色彩的长衣，然后又撩起一块衣袂，把它贴到了自己脸上，眼神里闪着一种奇异的光，好像想起了什么。

多年后，我还常常回忆起那个瞬间，忆起那个瞬间奶奶脸上那份迷离、恍惚的神色来。

奶奶，你怎么啦？我小声地问。

哦——奶奶回过神来了，略显尴尬地冲我一笑，说，没什么，没什么。

这时我看到，一抹石榴红飞上了奶奶的脸颊。呀，这时的奶奶真好看！

奶奶，你为什么有这么多好看的长衣？

我年轻那会，男人都穿长衫，女人穿旗袍。我嫁到这里来前，我娘家请来裁缝师傅，在家里整整做了三年六个月，把我一生要穿的衣服都快做全了。奶奶说得轻描淡写，但小小的我也能听得出，她语调里有掩饰不住的喜悦。

我望着奶奶的一身黑衣，不解地问，奶奶，那你为什么要将那么好看的衣服染成这么难看的黑色呢？

自从你爷爷过世后，我就只穿玄色了。奶奶脸上的红晕忽然不见了。

为什么呀？

奶奶没有马上回答我。片刻后，奶奶叹了口气，说，你看看闾门里的绍兴婆婆、阿三奶奶，她们不也都穿玄色的衣服吗？

是呀，听奶奶一说，我眼前就浮现出绍兴婆婆、阿三奶奶穿玄色衣服的模样来，我想象不出她们不穿玄色衣服会是什么模样。

还有，我从记事起就没有见到过绍兴公公和阿三爷爷。

石染缸里的石榴花快装满时，奶奶往缸里掺些清水，几天后，又放入白色的碱，缸里的石榴花就很快失色了，最后成了一缸黑乎乎的脏水。我也曾经把茶花、桃花、玉兰花、栀子花、海棠花等各色花朵放进石染缸里，最后所有的颜色都无一例外地被这石染缸吞噬，变成了像阴沟里的脏水一样的黑水。这染缸，真讨厌！

奶奶从樟木箱里取出一件漂亮的旗袍，犹豫片刻，就将旗袍一刀两断，上半部分缝成对襟衣，下半部分缝成了中裤。奶奶舀了石染缸里的脏水，倒进锅里，煮开了，又浸入了刚改好的衣服。透过氤氲的热气，好看的衣服瞬间变成了玄色。我感到惊奇，也感到难过。

颜色还不够深，奶奶捞出衣服看看，自言自语着，把衣服再次浸入锅中。一会儿，奶奶又把平日穿得褪了色的衣服浸入锅中，重新染了一遍。

就这样，奶奶每年让我搜集石榴花扔入石染缸，又从樟木箱中拿出几件好看的衣服来剪剪裁裁，缝制成式样总是一成不变的衣裤，再用石染缸里的脏水煮染成玄色……

　　许多年后，奶奶去世了。妈妈打开奶奶早几年就预备好的一包袄寿衣。

　　我惊呆了，妈妈也愣住了，在这一大沓珍藏的玄色衣物中，竟然有那件奶奶曾说过的最漂亮的石榴红旗袍。

梅花烙

花名：梅花

科属：蔷薇科李属

花语：坚强、忠贞、高雅

花期：1—3 月

特点：小乔木，稀灌木。花色艳，香味浓，先于叶开放。花单生或有时 2 朵同生于 1 芽内；花梗短，萼片卵形或近圆形，先端圆钝；花瓣倒卵形。品种繁多。

邻居捎来口信，让妈妈带上梅花烙，到三爷爷家去一趟。

"什么梅花烙？"妈妈一脸茫然。

"莫非，是梅花印模？"我提醒妈妈。

"他要这个干什么？"听我提起梅花印模，妈妈像是来了气。

这怪不得妈妈。

我家有一套祖传的铁制糕饼印模，梅兰竹菊，共四个。只要将印模往糕饼上一按，立马会出现一个凹凸状的图案。再普通的糕饼，有了图案的点缀，就变得不一般起来，仿佛连味道也变得更好了。

我最喜欢的是梅花印。玲珑的花瓣，星点的花蕊，在糕饼上纤毫毕现，精美无比。和我同样喜欢梅花印的是四奶奶。每一次，四奶奶吃着妈妈做的有梅花印的糕饼，总会眯着眼，左看右看，赞不绝口："这朵梅花，真美。"有一次，四奶奶还专门到我家来欣赏梅花印模。她将印模拿在手里，翻来覆去，爱不释手。

去年的一个冬日，四奶奶颤着步子，上我们家来借印模。她只要一个梅花印模。她是第一个来借我家印模的人。集市上，廉价的木制印模多得是。每一户人家，包括四奶奶家，都有一套。但铁制的印模就难觅了。

"四奶奶病得这么重，还想着做最漂亮的梅花糕，身体很快就会好起来的。"妈妈高兴不到两天，四奶奶就死了。人死了，怎么好意思去要回东西？妈妈只怪自己运气不好。

不料四奶奶死后第七天，三爷爷来我家归还印模。他说："实在对不起，这印模，用火烙过，发黑了。"

妈妈没有作声。三爷爷走后，妈妈看那印模，除了被熏黑外，还带着一股焦味。妈妈又擦又洗，根本无济于事，心疼得直跺脚。此后，妈妈再也无心使用印模了。妈妈一直心存疑惑，又不好意思去问：三爷爷或四奶奶用这印模干了什么？

四奶奶是三爷爷的弟媳，刚结婚就死了丈夫。几年后，三爷爷想娶四奶奶为妻，可他的父母坚决不同意，抛下一句话："除非等到下辈子。"三爷爷一直没有结婚，四奶奶也没有改嫁。他们各过各的，但三爷爷会帮四奶奶干农活，四奶奶会帮三爷爷料理家务。他俩的个性、容貌都很像，安安静静，清清爽爽。在没听说他俩的故事前，我还以为他们是一对亲兄妹呢。

妈妈嘟哝着拉开最下层的抽屉，拿起印模，出了门。我好奇地跟着前去。

三爷爷一见到妈妈，挣扎着从床上坐起来。妈妈将枕头垫在他的背部。三爷爷轻轻地跟妈妈讲起了关于梅花烙的事情。

早些年，有个算命先生告诉三爷爷，下辈子若要跟小妹（四奶奶的小名）在一起，今生临走前，得在各自的身上烙下一个印痕。为了那个烙印，小妹寻找了好多年，直到有一次，看到了我家的梅花印模。

小妹临走前，请三爷爷将烧红的印模烙在她的左手腕上，并要求他，在右手腕上烙印。等到那一天，她会用左手来牵他的右手，以梅花烙为凭。

三爷爷说，昨夜他梦见了小妹，小妹催他赶紧办妥这事。他再也等不及了，想快点见到小妹。

"请你为我烙印吧。"

"我……下不了手。"

"帮帮我，"三爷爷恳求道，"这是我今生唯一的，也是最后的心愿了。"

三爷爷下了床，点亮八仙桌上的酒精灯。灯火如豆，一明一灭。他将印模架在灯边的一只瓷碗上。黄色的火焰像一条火舌，不断地舔着印模。

三爷爷坐下来，伸直右手，搁在桌上。在他的指导下，妈妈颤抖着拿起套着木柄的印模。

"快动手呀。"三爷爷用左手拍着他的右手。手腕处用红墨水画着一个圆形，跟印模一般大小，"喏，这里。"

妈妈一咬牙，将印模一按，"哧"的一声，那个地方霎时升起一缕白烟，发出一股焦味。妈妈的手立刻弹开，后退几步。

一朵梅花，盛开在三爷爷的右手腕上。玲珑的花瓣，点点的花蕊，美得惊艳。

"我和小妹，谢谢你。"三爷爷凝望着梅花烙，开心地笑了。他从床头边拿出一只绣着梅花的荷包，叫妈妈打开。

里面是一只金灿灿的戒指，戒面上有一朵梅花，就像那个梅花烙。

"是小妹托我给你的。你的印模被我们糟蹋了，实在过意不去。"

妈妈流着眼泪，使劲摇头，只说："我没想到，它还能烙印。"

"她的心意，一定要收下。"

最终，妈妈收下了荷包，将印模送给了三爷爷。三爷爷说："也好，我带上这个，去会她。"

从三爷爷家出来时，北风尖叫着从弄堂穿过，道地上的水缸结了冰。路边的那棵梅树，不知什么时候，绽出了一树红梅，在阴冷的天幕中，红艳似火。

第二天早上，我们得知，昨天晚上，三爷爷在梦中走了，脸上带着微笑。

蜜蜂的理想

花名：油菜花

科属：十字花科芸薹属

花语：坚强、加油、无私奉献、青春活泼

花期：3—5 月

特点：一年生或二年生草本。总状花序呈伞房状，花瓣 4 枚，花鲜黄色，呈倒卵形，上具明显的网脉，排列成十字形，全缘，具长爪，气味浓烈。

李老师气喘吁吁地爬上那座小山时，见到一个男孩拿着一只玻璃瓶，蹑手蹑脚地穿行于花丛之中。

早晨的阳光穿过薄薄的雾气和层层的花影，给男孩镶上了一道金边。李老师站在离男孩不远的一棵紫藤树下，饶有兴趣地观察着。

一只蜜蜂在男孩的身边飞来飞去。男孩手拿着一只瓶子，紧跟着蜜蜂，或走或停，或高或低，好像与蜜蜂系在同一根无形的线上。突然，男孩被一截树枝绊了一跤，趔趄几步摔倒了。男孩没喊疼，一骨碌就爬起来，继续盯着那只蜜蜂。

李老师第一次发现，小杰专注起来竟是那么可爱。

今天是星期六，李老师到小杰家家访。李老师刚调入我校，担任我们的班主任。上周，他布置了一篇作文，题目是《我的理想》。孩子们的理想五花八门：科学家、外交家、舞蹈家、设计师、飞行员……虽然写得有些空洞，但好歹动了笔，完成了作业。只有小杰在作文题下写了一句话：我还没有找到我的理想。李老师生气了，这是什么学习态度？他本想在课堂上点名批评，最后，还是忍住了。自己刚接管这个班，还是先进行一次家访，了解一下情况再说。

远远地，他看见小杰家的院子里搁着两只黑乎乎的木箱，好多蜜蜂出出进进。他喊着小杰的名字，不敢贸然进去。小杰的奶奶从屋里出来，听说是小杰的老师，拿来一只防蜂帽，让他戴上。李老师走进了那间阴暗、潮湿的屋子。老人端给他一杯茶，自豪地说："小杰用野蜂酿的蜜，他叫我每天喝上一杯。"

李老师喝了一口，果然绵软细腻，花香弥漫。不同于市面上买的。

老人告诉他，小杰的妈妈死得早，小杰的爸爸替人养蜂，难得回家一次。

"小杰收蜂、养蜂，原来是他爸爸教的。"李老师恍然大悟。

"不是，小杰以前求他爸爸带他去看养蜂场，他爸爸骂他没有出息。后来这里来了一位养蜂人，小杰常去帮忙，养蜂人可喜欢他啰。"老人说。

"这孩子真会琢磨。"李老师禁不住插言。

小杰追着蜜蜂，来到紫藤边，抬头见到了李老师，吓了一跳，怯怯叫道："李老师。"

李老师笑着说："山上真美，你在玩儿吗？"

小杰的脸微微一红，想把玻璃瓶往口袋里藏。

李老师说："小时候，我可喜欢捉蜜蜂了。"他告诉小杰捉蜜蜂的秘诀。

"真的？"小杰眼一亮，将玻璃瓶递给李老师。

这时，李老师好像成了小杰的小伙伴，兴致勃勃地看着玻璃瓶，问："这两只蜜蜂怎么那么大？"

"这叫黑大蜜蜂，是蜜蜂中体积最大的种类，产蜜量比一般蜜蜂要多。"小杰的声音响了起来。

"你家里养的是什么品种？"

"李老师，您去过我家了？"小杰兴奋地说，"那些中华蜂是我在山洞里发现的，熏烟后，抓住蜂王，关进收蜂笼，其他蜂就跟了进来。"

李老师竖起大拇指，说："想不到你还有这个水平。小时候，记得有一天，我抓到一只蜜蜂，突然想吃蜂蜜，就咬住它的尾巴，没想到，蜂蜜没吃成，嘴唇反而被蜇成了喇叭筒。"

"蜂蜜是蜜蜂从嘴巴里酿出来的呀。"小杰哈哈大笑。

不知从什么时候起，他俩好像对换了角色。小杰似乎有说不完的话，他说到养蜂最大的喜悦是收蜂蜜，最大的烦恼是蜂蜜产量不高，冬天，还得喂它们白糖或蜂蜜吃。

一个念头油然而生。

李老师试探着说："后天的班会，你能不能给同学们讲讲关于蜜蜂的知识?"

小杰一愣,舔一下嘴唇,调皮地笑了。他举起右手,敬一个队礼,高声地说:"保证完成任务!"

那一天,小杰穿着一身新衣,拿出一瓶蜂蜜,在教室里传递、品尝。他走上讲台,流利地讲着关于蜜蜂的见闻和知识。

课堂非常活跃,提问声、掌声,接连不断。渐渐地,小杰的声音高了起来,语言更流利了。有时候,还发出笑声。放学后,同学们意犹未尽,央求着来到小杰家观察蜜蜂。李老师当场提议,班级成立科学探索小组,就推选小杰任组长。

第二天早上,小杰交给李老师一本作文本,说:"李老师,我补上《我的理想》。"李老师翻开本子,在一行行朴实无华的文字中,有小杰对于蜜蜂的探索,对于理想的迷茫和向往,整篇作文是一气呵成的。

李老师的眼光落在小杰作文的最后一段话:"理想并没有高低之分,袁隆平爷爷一辈子种水稻,成了世界杂交水稻之父。我要研究蜜蜂,培育新的品种,让蜜蜂酿出更多更好的蜂蜜,为人类的健康服务。这是蜜蜂的理想,也是我的理想。"

正巧,一只蜜蜂嗡嗡地飞进来,好像在回应着小杰的理想。

后记

绘一幅童年花谱

　　我的故乡，是浙东平原一个名叫蒋葭浦的古村。那里水网密布，土壤肥沃，民风淳厚。独特的风情、地貌、习俗和传说糅成了故乡特有的水土和气息。在那里，我度过了纯真的童年时光。

　　"童年"和"故乡"是我生命中的孪生细胞。之前，我一直以散文的形式，零星书写着我的童年和故乡。后来，我曾想以此为母题，写一本散文集，但苦于找不到重返那里的秘径。

　　2019年，我写了一个"小东西"——《大眼睛的蚕豆花》，不到二千字。那是发生在我幼年时的一个真实的故事，只不过，我添加了文学的元素——蚕豆花。我分不清到底是散文还是微型小说，也许，两者都是。初投《百花园》，很快收到编辑王彦艳老师的回复："喜欢。期待新作！"惊喜之余，我就这样跨入了微型小说创作之门（之前，我创作的微型小说，基本属于闪小说）。

　　谢志强老师建议："何不写成花儿系列，建一个属于你的童年花谱，那是你的世界。"

　　这个建议就像一束光，瞬间打开了我紧闭的脑洞——这不正是我苦苦找寻的那条秘径吗？！

　　故乡植被茂盛，四季花开不败。院前院后、屋内屋外、墙头屋顶、田野小径、池塘江岸、石缝河滩……到处都闪烁着花影。那些花儿，不管长在何处，开于何时，不管大小、色泽、气味如何，在我心中，一样美好，一样令我欢喜。当然，也有些花儿，虽非植物，但也有鲜花的容颜和灵魂。

　　隔着几十年的时光河流，我的眼前闪现出一朵朵花儿：学校墙头上的喇叭花、小妹妹出生时的荷花、屋顶上的太阳花、梦中寻找的苹果花、邻居家的苦楝花……从2020年起，我开始花谱系列的创作。文学为我插上了翅膀，让我飞越崇山峻岭，让我重新成为一个小女孩，回到童年的老屋。我和妹妹们一蹦一跳跨进那间幽暗而温馨的老屋，爹爹步步生风充满了青春活力，奶奶、妈妈从另一个世界回到了我们的身边——文学跨越了生死的界碑。

　　那些花儿，与我一起见证了父老乡亲的生老病死、我和家人的喜怒哀乐，发现和思索着生命的意义，也伴随着我一步步成长。

　　故乡和童年，给了我无尽的资源。我写的都是我熟悉的生活，熟悉到在黑灯瞎火中，闭着眼睛，也能飞奔着跨过一个个石槛，穿过一条条弄堂。书中的故乡，是我真实的故乡，也是我梦中的故乡。故乡很大，大到可以包容其他的地方，那是故乡的延伸。主人公阿波，是童年的我，也是童年的妹妹和小伙伴——有时，我会飞出故乡，飞出躯体，飞出时间的小屋。

　　这个花谱系列，除了《蜜蜂的理想》，其他都以"花"来命题。其实，在《蜜蜂的理想》中，也离不开花儿，也时时有花儿的存在。

　　每一个人的心中都有属于自己的花谱，问题在于怎么描绘。我非画家，无法用彩笔绘画，那就用我朴实的文字，为童年的故乡绘一个花谱。我相信，有时候文字也可以充当彩笔。

　　我发现，我的心并未随着容颜而老去。也许，是因为我还欠着故乡很多文债吧？如今，当我诚惶诚恐地交出这一份文债时，我好像听到了一个苍老的声音：还不能老去。

　　好吧，我会听从来自故乡的声音。我会一直踩着一条条秘径，走向她，书写她，歌唱她。我希望这个花谱能留住一些回忆，我希望童年的伙伴永远纯真如初。

　　漫步花谱，如果您也能闻到芳香，感受美好，那是意外之喜——您应该知道，我多想把这个花谱送给您，送给他，送给我所有熟悉和陌生的朋友。

蒋静波

2023 年 5 月 1 日